建長寺・親と子の土曜朗読会から

子どもに伝えたい日本の名作

伊藤玄二郎

絵・安藤早紀

朗読・牧三千子

絵・やなせたかし

ことばの美しさを、こころとからだで

建長寺派管長　吉田正道

ことばがなかったら、みなさんはお友だちにどうやって自分の気持ちをつたえますか。ことばがなかったら、生きていくうえで、とても不便です。

きれいなことばづかいを耳にして、なんだか気持ちいいなあと思ったことはありませんか。日本語は、世界でもっとも美しいことばのひとつだといわれています。どうせなら、美しいことば、正しい日本語をつかいましょう。お利口にみえるし、大きくなったときに、こころの豊かな毎日をおくれるからです。

気持ちをさわやかにしてくれることばは、たとえば、長い間、たくさんの人が読んできた童話や詩や小説などに、ちりばめられています。

お話を聞きながら、日本語の美しさ、すばらしさを、こころとからだで感じてください。

建長寺・親と子の土曜朗読会から

子どもに伝えたい日本の名作◎目次

子どもに伝えたい日本の名作

CD収録

CD収録

CD収録

【付属CD収録作品】朗読・牧三千子

きかんしゃ やえもん
狸和尚の死
一房の葡萄
蜘蛛の糸
（「蜘蛛の糸」声明《しょうみょう》・齊川文泰）

装丁　林 琢真

【本を読む前に】

＊この本で紹介する作品は、すべて冒頭部分を一部引用しています。

＊取りあげた作品は、二〇〇五年にはじまった「建長寺・親と子の土曜朗読会」での紹介順です。また、敬称は省略させていただきました。

＊この本で紹介した作品は、一部絶版のものもあります。書名などは、巻末の「引用・参考文献リスト」をご覧ください。

＊紹介した作品は旧仮名遣いのものも多く、現在発売されている書籍のタイトルも出版社により表記が異なるものもあります。本書ではなるべく子どもでも読めるよう、現在発売されている書籍名の表記から、一番わかりやすいものを採用しました。

＊「あらすじ」に関しては、編集部で必要と判断したものに、ふりがなをつけました。

＊引用した作品に関しては、子どもでも読めるようすべてふりがなをつけました。また、ふりがなは現代の読み方としました。

＊引用文の脚注に、朗読会のプログラムで用いた「一口メモ」と「朗読のポイント」を付しました。「朗読のポイント」は、建長寺・親と子の土曜朗読会で朗読をしてきた牧三千子さんによるものです。

＊引用文中に、一部現代では差別的用語とされる語がありますが、原作者を尊重し、原文のまま引用しました。

星まで飛んでいこうとした、よだか

おススメ 1

よだかの星《ほし》

作・宮沢《みやざわ》賢治《けんじ》

あらすじ

みにくいよだかは、ほかの鳥からいつも悪口をいわれていました。とくにタカには、名前を変えないと、ころしてしまうぞ、とおどされるほどでした。

よだかは、えさの小さな虫を食べていて、急にかなしくなって、とおい、とおい、空のむこうに行ってしまおうと決めました。そして、夜空を、高く、高くのぼって、お星さまのオリオンやカシオペアに、「あなたのところへ連れていって」とお願いしますが、ことわられます。

それでも、お星さまのところに行こうとするよだかでしたが、寒くて寒くて、自分がどこにいるのかもわからなくなってしまいます……。

そして、気づいたとき、よだかは青い、きれいに光る星になっていました。

よだかは、実《じつ》にみにくい鳥《とり》です。

顔《かお》は、ところどころ、味噌《みそ》をつけたようにまだらで、くちばしは、ひらたくて、耳《みみ》までさけています。

足《あし》は、まるでよぼよぼで、一間《いっけん》とも歩《ある》けません。

ほかの鳥《とり》は、もう、よだかの顔《かお》を見《み》ただけでも、いやになってしまうという工合《ぐあい》でした。

たとえば、ひばりも、あまり美《うつく》しい鳥《とり》ではありませんが、よだかよりは、ずっと上《うえ》だと思《おも》っていましたので、夕方《ゆうがた》など、よだかにあうと、さもさもいやそうに、しんねりと目《め》をつぶりながら、首《くび》をそっ方《ぽ》へ向《む》けるのでした。もっとちいさなおしゃべりの鳥《とり》

「よだか」はどんな鳥？

辞書には「よだか」ではなく「よたか（夜鷹）」とのっています。漢字にあるとおり、夜行性です。だいたい三〇センチほどの大きさで、飛びながら昆虫をとって食べます。

『よだかの星』に書かれているように、羽はよごれたような色をし、目はぎょろん、口は頭とおなじほどの大きさにあけることができます。むかし、アイヌの人たちは、よたかを「悪魔のつかい」だと考えました。

などは、いつでもよだかのまっこうから悪口《わるぐち》をしました。
「ヘン。又《また》出《で》て来《き》たね。まあ、あのざまをごらん。ほんとうに、
鳥《とり》の仲間《なかま》のつらよごしだよ。」
「ね、まあ、あのくちの大《おお》きいことさ。きっと、かえるの親類《しんるい》
か何《なに》かなんだよ。」

朗読のポイント

まずお話全体をしっかり受け止めて、最後の「星になったところ」を心に描いてから語り始めましょう。原文にある「今でもまだ燃えています」の「今」というのは、お話をしている時点での「今」なのです。

よだかの「きしきしきし」という声は、一音一音を大切にしながら、言葉にできないよだかの思いを乗せるように語ってください。

人と作品について

作品はその人の生き方や社会との関わりの中で生まれ、時に社会を映しますが、宮沢賢治はその典型といってもいい作家です。

岩手県生まれの宮沢賢治（一八九六〜一九三三）の生家は質屋ですが、周辺の貧しい人々から搾取することで自分の生活が成り立つその家業を非常に嫌っていました。人々はお金がなくなると、自分の家にお金を借りにくる。返せなくなると、若い女の子が東京に売られていく。自分が拠って立つ生活と、その周辺の人々との関わりのなかで賢治自身も悩み、彼らのために何か役に立ちたいという思いを持ちました。それが宮沢作品の出発点と思われます。

『よだかの星』には、くちばしも爪も鋭くない、何の変哲もない鳥「よだか」が出てきます。自分が一番弱いと思っていても、知らず知らずのうちに虫を食べて、自分の命を永らえている。これは食物連鎖にほかなりませんが、我々生きものは、何か他のものの命を無意識に奪うことによって無意識に命を永らえています。この食物連鎖と重ね合わせ、宮沢賢治は自分の生活も貧しい人々の生活の上に成り立っていることを意識し、その思いがこの作品に重なっていったのかもしれません。

現在、宮沢賢治は国民的な作家ですが、生前はたった二冊の本しか出版していません。しかも、一冊目の詩集『春と修羅』は自分でお金を出して出版し、二冊目『注文の多い料理店』は印税代わりにわずか二冊の本をもらっただけでした。

宮沢賢治はわずか三十七歳で亡くなり、画家のゴッホのように死後評価された作家です。

はげ頭が瓢箪に見えるほど瓢箪ずきな小学生

おススメ
2

清兵衛《せいべえ》と瓢箪《ひょうたん》

作・志賀《しが》直哉《なおや》

あらすじ

清兵衛は十二歳の小学生。どういうわけか、じいさんのはげ頭が瓢箪にみえるほどの瓢箪ずきでした。ある日のことです。清兵衛は、心ぞうがドキドキするほどすてきな瓢箪をお店でみつけました。値段は十銭。さっそく手に入れた清兵衛は、その瓢箪を学校へ持っていくほど気に入ってしまいます。ところが、授業中に先生にみつかってしかられたうえに、瓢箪を取りあげられてしまいます。それどころか、お父さんやお母さんにも知られてしまい、怒ったお父さんは、清兵衛が大切にしていた瓢箪をぜんぶこわしてしまいます。

その後、清兵衛の瓢箪熱はさめてしまうのですが、あの、取り上げられたすてきな瓢箪には、清兵衛がもし知ったら、ひっくりかえるような〝運命〟が待っているのでした。

これは清兵衛《せいべえ》という子供《こども》と瓢箪《ひょうたん》との話《はなし》である。この出来事《できごと》以《い》来《らい》清兵衛《せいべえ》と瓢箪《ひょうたん》とは縁《えん》が断《き》れてしまったが、間《ま》もなく清兵衛《せいべえ》にはは瓢箪《ひょうたん》に代《か》わる物《もの》が出来《でき》た。それは絵《え》を描《か》く事《こと》で、彼《かれ》はかつて瓢箪《ひょうたん》に熱中《ねっちゅう》したように今《いま》はそれに熱中《ねっちゅう》している……

清兵衛《せいべえ》が時々《ときどき》瓢箪《ひょうたん》を買《か》って来《く》る事《こと》は両親《りょうしん》も知《し》っていた。三《さん》、四《よん》銭《せん》から十五銭位《じゅうごせんくらい》までの皮つきの瓢箪《ひょうたん》を十《とお》ほども持《も》っていたろう。彼《かれ》はその口《くち》を切《き》る事《こと》も種《たね》を出《だ》す事《こと》も独《ひと》りで上手《じょうず》にやった。栓《せん》も自分《じぶん》で作《つく》った。最初《さいしょ》茶渋《ちゃしぶ》で臭味《くさみ》をぬくと、それから父《ちち》の飲《の》みあました酒《さけ》を貯《たくわ》えておいて、それで頻《しき》りに磨《みが》いていた。

「瓢箪《ひょうたん》」ってなに？

瓢箪は、キュウリやスイカと同じウリ科の植物です。夏の夕方、白い花がさきます。実《み》は雪だるまの頭とおしりをひっぱって、ちょっと長くしたような、真ん中あたりがくびれたかっこうをしています。そして、うれると皮はかたくなります。中身をくりぬき、日に干して、酒や花やくすりを入れる「うつわ」にします。

「瓢箪からコマ」などの、ことわざにも登場します。意味は「ふざけて言ったことが実際にそうなること」です。

全く《まった》清兵衛《せいべえ》の凝《こ》りようは烈《はげ》しかった。ある日《ひ》彼《かれ》はやはり瓢箪《ひょうたん》の事《こと》を考《かんが》え考《かんが》え浜通《はまどお》りを歩《ある》いていると、ふと、眼《め》に入《はい》った物《もの》がある。彼《かれ》ははッとした。それは路端《みちばた》に浜《はま》を背《せ》にしてズラリと並《なら》んだ屋《や》台店《たいみせ》の一《ひと》つから飛《と》び出《だ》して来《き》た爺《じい》さんの禿頭《はげあたま》であった。清兵衛《せいべえ》はそれを瓢箪《ひょうたん》だと思《おも》ったのである。

朗読のポイント

構成をしっかりつかんで、文体のリズムを生かして明るくからりと読みましょう。

会話に出てくる方言は、作者が一時住んでいた尾道（広島県）あたりの方言のようです。このアクセントは知っている人に聞くか調べるかして、自分の中に今までなかった「言葉のリズム」を息づかせて楽しんでください。

人と作品について

志賀直哉（一八八三〜一九七一）は宮城県に生まれ、東京で育ちました。無駄のない、きちんとした日本語で『小僧の神様』や、『暗夜行路』など、たくさんの小説を書きました。推敲を重ねた簡潔な文章で人間の心理を深く掘り下げ表現した作家として、『小僧の神様』をもじって「小説の神様」と称えられています。

また、人道主義、理想主義などを掲げた「白樺派★」の中心人物としても文学史にその名をとどめています。近代日本文学を代表する作家の一人です。

『清兵衛と瓢箪』は、三十歳になった志賀が少年時代を思い起こしながら、頭ごなしの父親、理解のない教師など周辺の大人たちの理不尽さのなかで成長していく少年を描いた作品です。ある文芸評論家は、この作品には「子どもの伸びようとする個性、才能を押しつぶすのが大人だという光景」が描かれているとしています。志賀は小説家志望を実業家である父親に認めてもらうことができず、二人の間には長く確執が続きました。その経緯は、『和解』という作品に書かれています。『清兵衛と瓢箪』の背景にも、そのような父との関係が息づいています。

少年は世の中の常識や権威にとらわれずに、純真な気持ちで、直感的に好き嫌いを感じています。大人の横槍で、独自のこだわりを持っていた清兵衛は、瓢箪のことは忘れて別の物に心を動かしていきます。大人はなぜ、子どもたちの気まぐれ、好奇心をおおらかに見守ってやれないのでしょうか。本当に子どもを愛し、子どもも愛されていると感じれば無責任なことはしないと、志賀は言っています。

★白樺派　一九一〇年に創刊された同人誌「白樺」を中心に活動した作家たちのこと。また、その作家たちが掲げた人道主義・理想主義・個人主義といった文芸思潮のこと。

人魚の娘は幸せを呼ぶろうそくを作ったけれど

おススメ 3

赤《あか》いろうそくと人魚《にんぎょ》

作・小川《おがわ》未明《みめい》

あらすじ

さびしい北の海にすんでいた人魚の母が、海岸ぞいの町に女の子を生んでいきました。母親は、世界でいちばんやさしいものと聞いている人間の町で、子どもを幸福に育ててもらおうと思ったのです。海岸の小高い山にある神社のろうそくを作っていた老夫婦が、その子をひろい育てました。

人魚の娘は家にこもってろうそく作りを手伝い、赤い絵のぐで絵をかきました。赤い絵のろうそくは幸せが来ると評判になり、どんどん売れるので、老夫婦も娘も忙しく働きました。

あるとき、金もうけをたくらむ商売人が老夫婦をたずね、大金をつんで娘を買うことにしました。心やさしかった老夫婦は人が変わってしまったのです。娘は赤いろうそくを自分の悲しい記念に残しました。そのあと海は荒れ、赤いろうそくのともった日は、不吉なことがおこったそうです。

人魚《にんぎょ》は、南《みなみ》の方《ほう》の海《うみ》にばかり棲《す》んでいるのではありません。北《きた》の海《うみ》にも棲《す》んでいたのであります。

北方《ほっぽう》の海《うみ》の色《いろ》は、青《あお》うございました。あるとき、岩《いわ》の上《うえ》に、女《おんな》の人魚《にんぎょ》があがって、あたりの景色《けしき》をながめながら休《やす》んでいました。

雲間《くもま》からもれた月《つき》の光《ひかり》がさびしく、波《なみ》の上《うえ》を照《て》らしていました。どちらを見《み》ても限《かぎ》りない、ものすごい波《なみ》が、うねうねと動《うご》いているのであります。

なんという、さびしい景色《けしき》だろうと、人魚《にんぎょ》は思《おも》いました。自《じ》分《ぶん》たちは、人間《にんげん》とあまり姿《すがた》は変《か》わっていない。魚《さかな》や、また底深《そこふか》

「人魚」は本当にいるの？

辞書には「上半身が人間の女、下半身が魚体という想像上の生物」とあります。世界の各地に人魚の伝説があり、デンマークの作家アンデルセンも『人魚姫』という作品を書いています。人魚を描いた絵もたくさんあります。

小川未明のこの作品は、故郷の上越地方（新潟県）に伝わる人魚伝説や、スイスの画家ベックリンの人魚の絵と、小さい頃のとなりのろうそく屋などが元にあると推測されています。

い海《うみ》の中《なか》に棲《す》んでいる、気《き》の荒《あら》い、いろいろな獣物《けもの》などとくらべたら、どれほど人間《にんげん》のほうに、心《こころ》も姿《すがた》も似《に》ているかしれない。それだのに、自分《じぶん》たちは、やはり魚《さかな》や、獣物《けもの》などといっしょに、冷《つめ》たい、暗《くら》い、気《き》の滅入《めい》りそうな海《うみ》の中《なか》に暮《く》らさなければならないというのは、どうしたことだろうと思《おも》いました。

朗読のポイント

子を思う母の愛から始まり、不思議な美しさをたたえながらも、怪談のような趣があるお話です。

私が朗読した時は、空箱の中に大きめのビーズを入れて波の音を出しました。また、南の海で拾ってきたサンゴをいくつも糸で棒に吊って楽器を作り奏でました。

作品の底に流れる通奏低音のような音を見つけるのも、朗読の楽しいところです。

人と作品について

小川未明（一八八二〜一九六一）は新潟県出身の小説家、童話作家です。『赤いろうそくと人魚』をはじめ『牛女』『月夜と眼鏡』などの作品によって、「日本のアンデルセン」と称されました。一九一〇年（明治四十三）に出版した『赤い船』は、日本で初めての創作童話集とされています。

児童文学者の坪田譲治は、小川の作品の作風をいくつかに分類しています。それによると、この『赤いろうそくと人魚』は、「ロマンチックでありながら、中に★ヒューマニズム精神の燃えているもの」の部類に入っています。小川は、若いころは大正デモクラシーをバックボーンに社会主義運動に積極的に参加した情熱家でした。坪田の分析する「ヒューマニズム精神」には、そのような情熱が反映されています。

★ヒューマニズム精神　人道主義・博愛主義の考え方。

代表作とされるひとつに『野薔薇』があります。この作品は、戦争が始まり互いに敵となった国の兵士が仲よしになる反戦と平和を訴える童話です。この作品は、「ヒューマニズム精神が、時代、社会、文明というようなものの批判に向けられているもの」（坪田）です。

小川の描く人魚のいる海は、故郷の新潟県の海を連想させます。「人間はやさしいものだと聞いている」と希望を託して、人魚の母は、娘を人間世界に産み落とすのですが、はたして、人間は人魚の夢にこたえるものであったのか。

神社、おまいり、といった昔話の要素が、赤いろうそくの揺らめく炎や海鳴りの不気味さとあいまって、ロマンチックというより、怪談を思わせる雰囲気を醸し出している作品です。

猫になって人間を見ていると……

おススメ
4

吾輩《わがはい》は猫《ねこ》である

作・夏目《なつめ》漱石《そうせき》

あらすじ

子ネコの「吾輩」は、おなかがへり、寒さにふるえ、ある家の台所へ忍びこみます。お手伝いさんに見つかり、外に放りだされますが、主人の苦沙弥《くしゃみ》先生に助けられて、この家に住みつくことになります。

英語の先生だという主人の書斎には、へんてこりんな人たちが、いつも集まります。たとえば、迷亭《めいてい》先生、寒月《かんげつ》君、東風《とうふう》君……。みんないろいろなことを、たくさん知っていて、おしゃべりが大好きです。

「吾輩」は、残念ながらネコなので、みんなの仲間に入れませんが、そのそばにいて、おしゃべりを聞いていました。そして、人間のわがままさや勝手さ、おかしさを観察しながら毎日を送ります。

吾輩《わがはい》は猫《ねこ》である。名前《なまえ》はまだ無《な》い。

どこで生《う》まれたか頓《とん》と見当《けんとう》がつかぬ。何《なん》でも薄暗《うすぐら》いじめじめした所《ところ》でニャーニャー泣《な》いていた事《こと》だけは記憶《きおく》している。吾輩《わがはい》はここで始《はじ》めて人間《にんげん》というものを見《み》た。然《しか》もあとで聞《き》くとそれは書生《しょせい》という人間中《にんげんじゅう》でいちばん獰悪《どうあく》な種族《しゅぞく》であったそうだ。この書生《しょせい》というのは時々我々《ときどきわれわれ》を捕《つかま》えて煮《に》て食《く》うという話《はなし》である。然《しか》しその当時《とうじ》は何《なん》という考《かんが》えもなかったから別段恐《べつだんおそろ》しいとも思《おも》わなかった。但彼《ただかれ》の掌《てのひら》に載《の》せられてスーと持《も》ち上《あ》げられた時《とき》なんだかフワフワした感《かん》じが有《あ》ったばかりである。掌《てのひら》の上《うえ》で少《すこ》し落《お》ち付《つ》いて書生《しょせい》の顔《かお》を見《み》たのが所謂人間《いわゆるにんげん》というものの見始《みはじめ》であろ

「吾輩」の特徴は？

たとえば目は、人間の六分の一の光の量で物を見分けることができるため、夜でも自由に動けます。ヒゲは、物の大きさや固さを知るうえで役だちます。前足で顔をあらうのは、ヒゲの手入れのためでもあります。

『吾輩は猫である』には、「吾輩」のほかに、「車屋の黒」などのネコが登場します。三毛ネコやとらネコは、日本のネコです。ネコが世界中で飼われるようになったのは、ネズミをよくとるためだそうです。

う。この時妙《ときみょう》なものだと思《おも》った感《かん》じが今《いま》でも残《のこ》っている。第一毛《だいいちけ》を以《もっ》て装飾《そうしょく》されべき筈《はず》の顔《かお》がつるつるしてまるで薬《や》罐《かん》だ。その後猫《ごねこ》にも大分《だいぶ》逢《あ》ったがこんな片輪《かたわ》には一度《いちど》も出《で》会《く》わした事《こと》がない。加之《のみならず》顔《かお》の真中《まんなか》が余《あま》りに突起《とっき》している。そうしてその穴《あな》の中《なか》から時々《ときどき》ぷうぷうと烟《けむり》を吹《ふ》く。どうも烟《む》せぽくて実《じつ》に弱《よわ》った。これが人間《にんげん》の飲《の》む烟草《たばこ》というものである事《こと》は漸《ようや》くこの頃《ごろ》知《し》った。

朗読のポイント

「吾輩は猫である」という、あまりに有名なこの書き出しだけでも、声を出して読むと楽しくなります。

人の書いた言葉と付き合うとき、私はその言葉が自分の中から出てくる道筋を探りますが、この冒頭の一文は、今までの自分の見方や考え方を一変させるほどの文章です。

猫の視点、そしてそれを書いた作者のまなざしを味わいましょう。

人と作品について

夏目漱石（一八六七〜一九一六）は江戸（現在の東京）に生まれた小説家です。幼い時分から漢文に親しみ、東京帝国大学では英文学を学びました。松山中学などで英語教師をしたのち、ロンドンへ留学。帰国後は、母校の大学等で英文学を教えました。「ホトトギス」を主宰する俳人高浜虚子の勧めで初めて書いた小説が『吾輩は猫である』です。四十歳のときのことで、その後、亡くなるまでの十年間に『坊っちゃん』『門』『こころ』等を発表します。

それまでの漱石は一英文学者であり、『吾輩は猫である』のような作品が出現したのは、奇跡のようなものだ——と書いたのは、作家の伊藤整です。そしてまた、「漱石は世間を笑っているようでありながら実は世間を痛烈に批判しているのである」と解説しています。

『吾輩は猫である』には、ユーモアと風刺の精神があふれています。漱石は神経質な人物だったといわれますが、その一方でユーモアを好み、落語を愛し、寄席にもよく通っていたといいます。また、ロンドン滞在中には、ユーモア作家であり心理作家としても知られたジョージ・メレディスや貧しい人びとの暮らしぶりを笑いと涙で描き出したチャールズ・ディケンズの作品を好んで読んだと伝えられます。『吾輩は猫である』の世界は、そのようにして培われた漱石の精神の土壌といったもののうえに開花しました。

漱石が亡くなって九十年以上の歳月が流れました。しかし、そのユーモアと風刺の精神は、いまもなお多くの読者を獲得し、日本を代表する文豪といわれる作家のひとりとして愛されています。

おススメ 5

泣《な》いた赤《あか》おに

こころやさしい赤おにと青おにの友情

作・浜田《はまだ》廣介《ひろすけ》

あらすじ

こころのやさしい赤おにがいました。赤おには、人間と仲よしになりたくて、遊びにおいでよとさそいますが、村の人たちは、だれも赤おにの家へ遊びにいきませんでした。

ある日、友だちの青おにがやってきて、こう言いました。「ぼくが村で、わざとあばれるから、きみは、ぼくを追っぱらえばいい。そうすれば、人間はきみを信用して遊びにきてくれるにちがいない」。作戦は大せいこう、赤おには、村の人たちと仲よしになります。

ところで、青おには？　青おにの家をたずねた赤おには、はり紙を見つけました。そこには、「ぼくとつきあえば、人間はきみをうたがうかもしれないので、ぼくは旅にでます、でも、きみのことは忘れません」と、書かれていました。赤おには、しくしく泣きだしました。

どこの山《やま》か、わかりません。その山《やま》のがけのところに、家《いえ》が一《いっ》けんたっていました。

きこりが、すんでいたのでしょうか。

いいえ、そうではありません。

そんなら、くまが、そこにすまっていたのでしょうか。

いいえ、そうでもありません。

そこには、わかい赤《あか》おにが、たったひとりですまっていました。その赤《あか》おには、絵本《えほん》にえがいてあるようなおにとは、かたち、かおつきが、たいへんにちがっていました。けれども、やっぱり目《め》は大《おお》きくて、きょろきょろしていて、あたまには、どうや

「おに」ってなに?

仏教などの教えに出てくる怪物です。

日本には「おにに金棒」（強いものがもっと強くなること）「おにの目になみだ」（思いやりのない人でも、ときにはやさしい気持ちになること）という、ことわざがあります。強くて、こわいものの代表にされますが、なかには、人間をわるいことから守ってくれる、おにもいます。

また日本には、おにが主役のまつりがたくさんあります。

ら角《つの》のあとらしい、とがったものが、ついていました。

それでは、やっぱりゆだんのできないあやしいやつだと、だれでも思《おも》うことでしょう。ところが、そうではありません。むしろ、やさしい、すなおなおにでありました。

朗読のポイント

おちついたやさしい語り口で書かれているので、素直に読めば、自然に、読み手と聞き手との間に、物語がぽっかりと浮かび上がることでしょう。

最後の手紙（はりがみ）を読むところは、ゆっくりと。

青おにの深い思いに、赤おにが触れる瞬間を味わいましょう。

人と作品について

児童文学の世界を代表する童話作家のひとり浜田廣介（一八九三～一九七三）は、山形県に生まれました。子どものころから、おとぎ話や昔話が好きで、アンデルセンを愛読していたといいます。廣介は学生時代から創作活動をはじめました。最初は「万朝報」という新聞に小説で入選しますが、のちに「大阪朝日新聞」でお伽噺がとりあげられたことを機会に、童話を本格的に書き始めました。

人間のよい面をテーマにたくさんの作品を書きました。それらは「ひろすけ童話」と呼ばれ、小学校低学年向けの平易な語り口と純朴な心をうつ内容で、いまなお親しまれています。なかでも『泣いた赤おに』は、くりかえし絵本になり、影絵や紙芝居になっています。

廣介の娘・留美は『ないたあかおに』と父」という文章の中で、作品誕生のエピソードを紹介しています。それは廣介が和歌山県で講演をした折、高野山にお参りしたのがきっかけでした。若々しく、かしこそうな運慶作の童子像を目にした廣介は心を打たれ、こんな鬼を書いてみたいと思ったそうです。

『泣いた赤おに』は、何回読んでも、何回聞いても心に響きます。それは、人間の誰もが自分の中に持っている善心と悪心を書いているからです。そのときどきの私たちの心を映してくれるからでしょう。

人間は、人のために自分を犠牲にしたり自分の気持ちを抑えたいと思いながらも、なかなかできないものです。この作品は、他者に対する思いやりだけではなく、善意を受ける者に対しても問いかけをしているのです。

友だちのために約束を守ったメロス

おススメ 6

走《はし》れメロス

作・太宰《だざい》 治《おさむ》

あらすじ

ある日、メロスは結婚する妹のために町で買いものをしました。でも、わけもなく人をころすという王さまに腹をたててお城にのりこみ、はりつけにされそうになりますが、妹の結婚式のために三日間だけ待ってほしいとたのみます。人を信じない王さまは、メロスの大切な友だちセリヌンティウスが人質となることで、メロスの望みをかなえます。

四〇キロもはなれた村へメロスは飛んでかえり、ぶじに妹の結婚式をすませます。三日目の朝、メロスは日没までに戻るという友だちとの約束をまもるため、お城へ出発します。ところが、つよい雨で、川の橋がながされていたり、山ぞくにおそわれたり……。つかれはてたメロスは、約束など、どうでもよくなりますが、メロスを信じる友だちのために、また走りはじめるのでした。

メロスは激怒《げきど》した。必《かなら》ず、かの邪智暴虐《じゃちぼうぎゃく》の王《おう》を除《のぞ》かなければならぬと決意《けつい》した。メロスには政治《せいじ》がわからぬ。メロスは、村《むら》の牧人《ぼくじん》である。笛《ふえ》を吹《ふ》き、羊《ひつじ》と遊《あそ》んで暮《くら》して来《き》た。けれども邪悪《じゃあく》に対《たい》しては、人一倍《ひといちばい》に敏感《びんかん》であった。きょう未明《みめい》メロスは村《むら》を出発《しゅっぱつ》し、野《の》を越《こ》え山越《やまこ》え、十里《じゅうり》はなれた此《こ》のシラクスの市《し》にやって来《き》た。メロスには父《ちち》も、母《はは》もない。女房《にょうぼう》もない。十六《じゅうろく》の、内気《うちき》な妹《いもうと》と二人《ふたり》暮《ぐ》らしだ。この妹《いもうと》は、村《むら》のある律気《りちぎ》な一牧人《いちぼくじん》を、近々《ちかぢか》、花婿《はなむこ》として迎《むか》える事《こと》になっていた。結婚式《けっこんしき》も間近《まぢか》なのである。メロスは、それゆえ、花嫁《はなよめ》の衣装《いしょう》やら祝宴《しゅくえん》のごちそうやらを買《か》いに、はるばる市《し》にやって来《き》たのだ。まず、その品々《しなじな》

ディモンとピアシス

この作品は、紀元前のギリシアを舞台にした話を題材にしたものです。

太宰が『走れメロス』として発表したのは一九四〇年（昭和十五）ですが、鈴木三重吉は同じ素材を、それより二〇年も前に『ディモンとピアス』という題名で発表しています。

を買《か》い集《あつ》め、それから都《みやこ》の大路《おおじ》をぶらぶら歩《ある》いた。メロスには竹馬《ちくば》の友《とも》があった。セリヌンティウスである。今《いま》はこのシラクスの市《し》で、石工《いしく》をしている。その友《とも》を、これから訪《たず》ねてみるつもりなのだ。久《ひさ》しく会《あ》わなかったのだから、訪《たず》ねて行《い》くのが楽《たの》しみである。

朗読のポイント

きびきびとした語り口で、語尾が流れてしまわないように、しっかりと腹に収めて読みましょう。

メロスと一緒に、走っているような気分で、お話をすすめるのもいいでしょう。

人と作品について

太宰治（一九〇九〜四八）は、青森県の大地主の家に生まれました。子どもの頃から、自分の恵まれた生活は、家に雇われている多くの小作人からの搾取の上にあるのを知って悩みます。それは後の生活と作品にも影響を与えています。

『走れメロス』や、ふるさとを訪れた随筆紀行『津軽』をはじめとする明るい感じの作品と、『斜陽』『人間失格』などの暗い感じの作品があります。

愛人との心中で亡くなってから六十年になりますが、いまなお、とても人気があって、「桜桃忌」と呼ばれる命日には、たくさんのファンがお墓まいりに訪れます。その人気は太宰の無頼な生き方に共感する人が多いということもありますが、たくさん残された作品に、時を経ても色あせない真実がこめられているからかもしれません。太宰を父にもつ作家・太田治子は、人気の理由を「太宰という人間が、人間としての優しさや人を愛し、恋する心に溢れていたからであり、そういう作品をたくさん書いたからだと思います」と推測しています。

『走れメロス』には、真の友情や信頼の尊さについてのメッセージが、短く簡潔な文章で、わかりやすく描かれています。生きるとはどういうことだろう、私たちはどう生きていけばいいのだろうと、考えさせられる作品です。この作品は、太宰が三十歳前後に書いたものです。周囲の助けを借りて、「鎮痛剤中毒」から立ち直ろうとしていたころです。体が弱っていたので、口述筆記で書かれました。言い淀みも繰り返しもなく、「話し言葉で書かれた作品」として、珠玉の短編といえるでしょう。

おススメ 7

きつねの窓《まど》

ふしぎな窓をつくった、きつねのゆび

作・安房《あわ》 直子《なおこ》

あらすじ

ある日ぼくは山道で、青いききょうのお花ばたけに迷いこみました。そこに、染め物屋の店員に化けた子ぎつねがあらわれ、青くそめた両手の親ゆびと人さしゆびで窓の形をつくり、「のぞいてごらんなさい」と誘いました。そこには、鉄砲《てっぽう》にうたれて死んだ、子ぎつねのおかあさんのすがたが見えました。

ぼくも、ゆびを青くそめてもらいました。窓をつくると、そこには、むかし大好きだった女の子がうつっていました。大よろこびのぼくは、子ぎつねが欲しいというので、かついでいた鉄砲をあげてしまいました。そしてゆびの窓では、子どもの頃の家も見ることができました。ところが山小屋に帰りいつものように手を洗い、青い色をおとしてしまいます。ぼくは青い花ばたけをさがしましたが、もう見つかりませんでした。

いつでしたか、山《やま》で道《みち》に迷《まよ》ったときの話《はなし》です。ぼくは、自分《じぶん》の山小屋《やまごや》にもどるところでした。歩《ある》き慣《な》れた山道《やまみち》を、鉄砲《てっぽう》をかついで、ぼんやり歩《ある》いていました。そう、あのときは、まったくぼんやりしていたのです。むかし大《だい》すきだった女《おんな》の子《こ》のことなんかを、とりとめなく考《かんが》えながら。

道《みち》を一《ひと》つ曲《ま》がったとき、ふと、空《そら》がとてもまぶしいと思《おも》いました。まるで、みがきあげられた青《あお》いガラスのように……。すると、地面《じめん》も、なんだか、うっすらと青《あお》いのでした。

「あれ？」

一《いっ》しゅん、ぼくは立《た》ちすくみました。まばたきを、二《ふた》つばかり

きつねのお話が生まれたのは？

きつねは、犬のなかまの動物です。人にすがたを見られても、立ちどまって人と目をあわせてから、すがたを消したりするため、たとえば、「女の人に化けたきつねに、ごちそうをとられた」といったようなお話が、たくさん生まれました。

「きつねに油あげ」は、ゆだんしてはいけないという意味のことわざです。どちらかというと、きつねは悪者にたとえられることが多く、ちょっとかわいそうな気がします。

しました。ああ、そこは、いつもの見慣《みな》れたすぎ林《ばやし》ではなく、広々《ひろびろ》とした野原《のはら》なのでした。それも、一面《いちめん》、青《あお》いききょうの花畑《はなばたけ》なのでした。

朗読のポイント

お話の語り手「ぼく」は、とくべつ空想好きというわけではなく、かえって私たちと同じ現実的な現代人のように思えます。

でもその「ぼく」のお話を聞いていると、自然にこのファンタジーの世界に引き込まれてしまいます。そして泣きたくなるように懐かしい気持ちがして、思わず自分の指の窓をのぞきたくなります。

ファンタジーとは、歩き慣れた道をひとつ曲がったところにあるのかもしれません。

人と作品について

安房直子（一九四三〜九三）は東京に生まれました。日本女子大学在学中から児童文学の雑誌に投稿、北欧フィンランドの童話「ムーミン物語」などの翻訳で知られる山室静に師事し、その作品は幻想的な世界の中に日本の民話の雰囲気も伝わってくる童話だといわれます。

『きつねの窓』は、いかにも安房直子風の、現実と非現実が交錯して、それが起こり得ることとして胸に迫ってくるお話です。これは、良い作品には欠かせない要素です。不思議な術や魔法の出てくるお話はたくさんありますが、この作品できつねが教えてくれる術は、両手の親指と人差し指をききょう色に染めて、その四本の指で「ひし形の窓」をつくるというだけのことで、おおげさなものではありません。しかも、その窓に見えるのは、他人の運命とは何の関係もない、その人ひとりひとりの懐かしい思い出や記憶です。それでいて、この作品はとても魅力的です。

作家の三木卓は、安房の作品について「いかにも女性らしい、つつましくきめのこまやかな、しかもしんのしっかりしたすぐれた幻想ものがたり」と評し、「よく読んで、作品を感じとり、そしていろいろなことを考えたり思ったりしてください。この本は読み終わった後、そうすることがきっと楽しいはずです」とその魅力について記しています。そしてその言葉通り、物語の世界を考えるのが楽しくなります。「青いききょうの花畑」とは、どんな光景でしょう。ききょう色に指が染まったら、どんな感じでしょう。想像の翼をはばたかせてみたくなります。

おススメ 8

きかんしゃ やえもん

ぷっすんおこった年よりきかんしゃ

CD収録

作・阿川《あがわ》弘之《ひろゆき》

あらすじ

いなかの町に、やえもんという年よりの蒸《じょう》気《き》きかんしゃがいました。

若いとき、大きな町を、すごいスピードで走っていたのが自慢でしたが、いまは年をとってくたびれてしまったので、だれもはなしを聞いてくれません。だから、いつも、ぷっすん、ぷっすん、おこっていました。

ある日、石炭のおべんとうを食べていたら、電気きかんしゃに「おなかのなかまで、まっくろけの、びんぼうぎしゃ」とバカにされました。やえもんは、カッカッときて、火の粉まではき出して走ったので、ほしてあったイネのわらが火事になりました。農家の人たちは、「おいぼれを動かないようにしてしまえ！」と、駅へどなりこんできました——。

CD 収録

いなかの　まちの　ちいさな　きかんこに　やえもんという
なの　きかんしゃが　おりました。

きかんしゃの　やえもんは　ながいながい　あいだ　はたらい
たので、たいへん　としをとって、くたびれて　いました。
「おれだって　しゃあ、わかい　ころには　しゃあ、たくさん
の　ひとを　のせて　しゃあ、すごい　すぴーどで　しゃあ、
おおきな　とかいから　とかいへ　しゃあ、はしったものだが
しゃあ」
と、やえもんは　いばってみせますが、だあれも　あいてに

世界初の「蒸気きかんしゃ」は？

やかんの水をふっとうさせると、水蒸気がでます。蒸気きかんしゃは、それと同じ力を利用して走る列車のことです。

一八二五年、世界ではじめての鉄道がイギリスに生まれます。線路を走ったのは「ロコモーション号」という蒸気きかんしゃでした。

日本で鉄道が開通したのは一八七二年でした。いま、列車のほとんどは電車（電気で走る列車）です。

してくれません。
だから、やえもん　きかんしゃ
は、いつも　このごろ、きげん
が　わるくて、おこってばかり
おりました。
きいて　ごらんなさい。ほら、
やえもんは、えきに　とまっている
ときでも、こんなふうに　おこっています
よ。
「ぷっすん、ぷっすん、ぷっすん、ぷっすん……」

朗読のポイント

擬音語がたくさん出てきますが、それがそのまま登場人物（!?）たちの気持ちを表す言葉になっているのが面白いですね。どんな音（言葉）が聞こえてくるか、楽しんで工夫してみてください。

私が朗読する時は、一〇〇円ショップで見つけた楽器や、身の回りのガラクタを打楽器にして、さらに賑やかにしています。

人と作品について

小説家の阿川弘之は、一九二〇年（大正九）、広島市に生まれました。東京帝国大学卒業後、海軍に入隊。『春の城』『雲の墓標』『暗い波濤』『井上成美』など戦争体験にもとづいた作品や軍人の伝記を著しました。白樺派の作家・志賀直哉に師事しました。

阿川は子どものころから乗り物が好きでした。『きかんしゃ やえもん』を書くことを思いついたのは、東京・有楽町駅近くの喫茶店で編集者に童話の本の執筆を依頼され、思い悩んでいた時のことです。ガラス越しに山手線の電車がふと目に入りました。「これを主人公にしたら、書けるかもしれない」。それまで童話を書いたことのなかった阿川は、本当は執筆を断ろうと思っていたそうです。電車を見ることがなかったら、このお話は生まれていなかったかもしれません。小説家にかぎってのことではありませんが、毎日の暮らしのなかで、眼前で繰り広げられる出来事をきちんと心にとどめておくことは大切です。

「やえもん」のモデルになったのは「一号機関車」といわれています。一八七二年（明治五）、日本初の鉄道が開通しました（品川〜横浜）。その前年に、イギリスから輸入され、品川と横浜をむすんだのが、この蒸気機関車でした。

『きかんしゃ やえもん』が出版されたのは一九五九年（昭和三十四）ですから、「やえもん」が年をとり、疲れていたとしても不思議はありません。それでも「やえもん」は、その後も長く子どもたちに愛され、物語の世界で元気に走り続けてきました。阿川には、乗り物をテーマにしたエッセイ集『お早く御乗車願います』もあります。

ぬすんだぼくを励ましてくれた先生と葡萄

おススメ 9

一房《ひとふさ》の葡萄《ぶどう》

CD収録

作・有島《ありしま》 武郎《たけお》

あらすじ

ぼくの通っている学校は、横浜の西洋人がたくさん住んでいるところにありました。ぼくは絵をかくことが好きでしたが、持っている絵の具ではどうしてもうまく出せない色がありました。

ある日、友だちのジムがもっていた西洋の絵の具から、ぼくは「藍色《あいいろ》」（こい青い色）と「羊紅色《ようこうしょく》」（あざやかな紅色）を盗《と》ってしまいます。でも、ジムやその仲間にばれて、担任の女の先生のところに連れていかれてしまいました。

「いやなことをしたと思っていますか」ときかれ、ぼくは泣いてしまいます。先生は、窓の外にみのっていたブドウを、ひとふさ、カバンに入れてくれました。そして、あしたはきちんと学校にくるように、とぼくを励ましました――。

CD収録

僕《ぼく》は小《ちい》さい時《とき》に絵《え》を描《か》くことが好《す》きでした。僕《ぼく》の通《かよ》っていた学校《がっこう》は横浜《よこはま》の山《やま》の手《て》という所《ところ》にありましたが、そこいらは西洋人《せいようじん》ばかり住《す》んでいる町《まち》で、僕《ぼく》の学校《がっこう》も教師《きょうし》は西洋人《せいようじん》ばかりでした。そしてその学校《がっこう》の行《ゆ》きかえりには、いつでもホテルや西洋人《せいようじん》の会社《かいしゃ》などが、ならんでいる海岸《かいがん》の通《とお》りを通《とお》るのでした。通《とお》りの海添《うみぞ》いに立《た》って見《み》ると、真青《まっさお》な海《うみ》の上《うえ》に軍艦《ぐんかん》だの商船《しょうせん》だのが一《いっ》ぱいならんでいて、煙突《えんとつ》から煙《けむり》の出《で》ているのや、檣《ほばしら》から檣《ほばしら》へ万国旗《ばんこくき》をかけわたしたのやがあって、眼《め》がいたいように綺《き》麗《れい》でした。僕《ぼく》はよく岸《きし》に立《た》ってその景色《けしき》を見渡《みわた》して、家《いえ》に帰《かえ》ると、覚《おぼ》えているだけを出来《でき》るだけ美《うつく》しく絵《え》に描《か》いて見《み》ようとしまし

『赤い鳥』ってなに？

『一房の葡萄』は、一九二〇年（大正九）に『赤い鳥』という雑誌に発表されました。

この雑誌は、大正時代の中ごろから昭和時代の前半にかけて発行された、子どもたちのための雑誌です。鈴木三重吉という作家が中心になってつくりました。子どもたちに、こころの豊かなおとなになってもらおうと、芥川龍之介や北原白秋ら、たくさんの作家がすぐれた童話や童謡を書きました。

た。けれどもあの透《す》きとおるような海《うみ》の藍色《あいいろ》と、白《しろ》い帆前船《ほまえせん》などの水際近《みずぎわちか》くに塗《ぬ》ってある洋紅色《ようこうしょく》とは、僕《ぼく》の持《も》っている絵具《えのぐ》ではどうしてもうまく出《だ》せませんでした。いくら描《か》いても描《か》いても本当《ほんとう》の景色《けしき》で見《み》るような色《いろ》には描《か》けませんでした。

朗読のポイント

このお話は、大きくなった「僕」が子供の頃を思い出して語っているものです。

思い出とともに、そのときの行動や心の風景、そして五感（視覚・聴覚・嗅覚・味覚・触覚）の記憶も鮮やかに甦ってくることでしょう。

読み手も、五感をいっぱい働かせて読んでみましょう。

人と作品について

有島武郎（一八七八〜一九二三）は小説家、評論家です。東京の実業家の家庭に生まれ、弟に有島生馬（洋画家・小説家）、里見弴（小説家）がいます。一九一〇年（明治四十三）に創刊された文芸雑誌「白樺」で活躍したことから、「白樺派三兄弟」と呼ばれました。武郎には『カインの末裔』『生れ出づる悩み』等の作品があります。

『一房の葡萄』は、武郎が六歳から九歳まで通った横浜英和学校の体験に基づいて誕生しました。同校はキリスト教の学校です。鹿児島出身の父親の武は、当時、横浜税関長でした。これからの世の中は英語が必要、と当時、既に考えていたといいますから進取の気性に富んだ家庭だったといえます。

キリスト教が身近に存在した武郎は、のちに、札幌農学校（現在の北海道大学農学部）在学中、キリスト教に入信します。

卒業後はアメリカやイギリスに渡って文学や哲学を学びますが、その後、教えなどへの疑問が生まれキリスト教から離れました。そして、社会主義や無政府主義に関心を寄せていきます。それは幼い頃からの、経済的にも社会的にも余りにも恵まれた生活に対する疑問から生じています。

後年、武郎は北海道に所有していた大農場を小作人たちに開放しました。

妻に先立たれた武郎には、三人の幼い息子たちがいました。そのため、『一房の葡萄』は子どもたちのために残した作品という見方もできます。この作品を発表して数年後、武郎は女性記者との心中を選びました。

「金の窓のおうち」の正体は?

おススメ
10

岡《おか》の家《いえ》

鈴木《すずき》 三重吉《みえきち》

あらすじ

お父さんを手つだって、毎日、畑で働いている男の子がいました。夕方、一時間だけ、あそんでいいことになっていて、男の子は、お日さまがしずみそうな、その時間、とおくでキラキラひかる金の窓のあるおうちを見るために、いつも家のうらの岡にのぼりました。

お父さんは、ある日、その日一日、おやすみにしてくれました。

男の子は、さっそく、金の窓のあるおうちに行ってみました。どんどん歩いて、男の子は、やっと、その家につきました。でも、窓はただのガラスでした。その家には女の子がいて、その子も毎日、金の窓のあるおうちを見ているといいました。男の子は、女の子とそのおうちを見にいきました。そして、あることにびっくりしたのです――。

岡《おか》の上《うえ》に百姓《ひゃくしょう》のお家《うち》がありました。家《いえ》がびんぼうで手《て》つだいの人《ひと》をやとうことも出来《でき》ないので、小《ちい》さな男《おとこ》の子《こ》が、お父《とう》さんと一《いっ》しょにはたらいていました。男《おとこ》の子《こ》は、まいにち野《の》へ出《で》たり、こくもつ小屋《ごや》の中《なか》で仕事《しごと》をしたりして、いちんちじゅう休《やす》みなくはたらきました。そして、夕方《ゆうがた》になるとやっと一時間《いちじかん》だけ、かってにあそぶ時間《じかん》をもらいました。

そのときには、男《おとこ》の子《こ》は、いつもきまって、もう一《ひと》つうしろの岡《おか》の上《うえ》へ出《で》かけました。そこへ上《あが》ると、何十町《なんじゅっちょう》か向《むこ》うの岡《おか》の上《うえ》に、金《きん》の窓《まど》のついたお家《うち》が見《み》えました。男《おとこ》の子《こ》は、まいにち、そのきれいな窓《まど》を見《み》にいきました。窓《まど》はいつも、しばらくの間《あいだ》きら

窓の種類いろいろ

窓は、外の光を採り入れたり、風を通したり、空気を入れかえたりするために壁や屋根に開口し、ガラスや障子で外界と仕切ったもののことです。目的によって、換気窓、採光窓、のぞき窓、防火窓などがあります。また、形により角窓、丸窓、火灯窓、櫛形窓、八角窓など、位置によって天窓、高窓、欄間窓、出窓などがあります。開閉の仕方によっても分けられます。

きらと、まぶしいほど光《ひか》っています。そのうちに家《いえ》の人《ひと》が戸《と》をしめると見《み》えて、きゅうに、ひょいと光《ひかり》がきえます。そして、もう、ただのお家《うち》とちっともかわらなくなってしまいます。男《おとこ》の子《こ》は、日《ひ》ぐれだから金《きん》の窓《まど》もしめるのだなと思《おも》って、じぶんもお家《うち》へかえって、牛乳《ぎゅうにゅう》とパンを食《た》べて寝《ね》るのでした。

朗読のポイント

このお話のポイントは、男の子が自分の家を見て「ああ、あんなところにもある」と驚くところです。

その発見と驚きを、今ここで新鮮に味わうことで、物語全体がまとまったものになるでしょう。

人と作品について

鈴木三重吉（一八八二～一九三六）は、日本の「児童文化活動の父」といわれる作家です。

広島県に生まれました。九歳で母を失い、祖母に育てられました。

十代で創作を始め、東京帝国大学英文科に進学後は雑誌「ホトトギス」に掲載され、文才を認められるようになります。鈴木三重吉は話題作を次々と発表し、「ネオ・ロマン派」という文学の潮流の旗頭として注目されます。しかし、三重吉は児童文学に転身し、世間を驚かします。

そして、子どもたちのために芸術性の高い童話や童謡を発表する場として「赤い鳥」を創刊しました。

その動機になったのは、娘すずに童話を読ませたいと本を探した時に、読んで聞かせる良い本が見つからなかったからと三重吉は書いています。

こうした教育文化活動は、当時の大正デモクラシーの機運を背景に、大勢の芸術家、文学者の賛同を得て、一時期、大いに盛り上がりました。

『岡の家』は、はじめ『丘の家』のタイトルで「赤い鳥」に発表されたものです。

一九一九年（大正八）五月号の「赤い鳥」に、その半年前に発表された西條八十の詩「かなりや」に成田為三が作曲した楽譜が掲載され、大きな反響を呼びました。これがきっかけとなって、童謡活動は盛んになっていきます。

一九八四年（昭和五九）に、日本童謡協会は「赤い鳥」が創刊された七月一日を「童謡の日」と定めています。

このことからも、雑誌「赤い鳥」の果たした役割の大きさがうかがえます。

冬の山で狩りをした三人と大鹿

おススメ
11

片耳《かたみみ》の大鹿《おおしか》

作・椋《むく》 鳩十《はとじゅう》

あらすじ

吉助《きちすけ》おじさんとぼくは、冬の屋久島《やくしま》の山へ、シカ狩りにでかけ、「片耳の大シカ」に出あいます。鉄砲でうたれ片耳になったものの、なんども逃げのびたシカです。

シカ狩りの名人として鹿児島までその名前が知られているおじさんは、山でいっしょになった次郎吉《じろきち》と「片耳」をうつことにしました。ところが、すごい雨におそわれ、三人は寒くて死にそうになりながら、やっと、ほらあなにたどりつきます。

ほらあなのなかには、やはり雨からのがれようと避難してきたサルやシカが、からだを寄せあっていました。三人はサルやシカたちの間にもぐりこみ、ほかほかと体があったまって、やがて眠ってしまいました——。

屋久島《やくしま》は鹿児島県《かごしまけん》にぞくし、周囲百《しゅういひゃっ》キロほどの太平洋上《たいへいようじょう》の一孤《いちこ》島《とう》である。が、千《せん》メートルいじょうの山《やま》が三十《さんじゅう》いくつもならびたち、いまだかつて人間《にんげん》がふみこんだことのない谷《たに》が、いたるところに残《のこ》っている。中腹《ちゅうふく》には、二千年《にせんねん》いじょうといわれる屋《や》久杉《くすぎ》が昼《ひる》も暗《くら》いほどに密生《みっせい》している。

その杉《すぎ》の大木《たいぼく》のあいだを、ブドウ色《いろ》のひとみをしたシカが、しずかに歩《ある》きまわっている。

屋久《やく》の吉助《きちすけ》おじさんは鹿児島《かごしま》まできこえたシカ狩《が》りの名人《めいじん》であった。そのおじさんから、ことしはぜひシカ狩《が》りにやってくるようにとの手紙《てがみ》をもらって、ぼくが出《で》かけて行《い》ったのは、きょ

「屋久島」ってどんな島?

九州の鹿児島県の南の海にうかぶ島です。

周囲が一〇〇キロほどの、まあるい、小さな島です。でも、けわしい山がいくつもあって、ふかい森には、何千年も生きている大きなスギの木（屋久杉）をみることができます。日本でいちばん雨のふるところです。

日本ではじめて世界遺産になりました。ヤクシカ、ヤクサルなどの動物がいます。

ねんの十二月《じゅうにがつ》のなかばであった。

おじさんは、たくましい日本犬《にほんけん》を二頭《にとう》つれ、古《ふる》い二連発銃《にれんぱつじゅう》を肩《かた》にして、大《おお》またに、のっし、のっしと杉《すぎ》の大木《たいぼく》の中《なか》を歩《ある》いていた。

冬《ふゆ》の山《やま》は墓場《はかば》みたいに静《しず》かで、なにかきみわるい。

朗読のポイント

文章に沿って読んでいけば、自然に朗読に緩急がつくと思います。

大自然の中の真剣勝負、その広がりと緊張感をからだで感じ、「間《ま》」をとるところはきちんととってください。単に空白の時間ではなく、いろんな「間」を見つけられるでしょう。

静かだけれど、命がいっぱい動いている「間」を楽しんでください。

人と作品について

椋鳩十（一九〇五〜八七）は長野県に生まれた児童文学作家、小説家です。日本アルプスの自然に囲まれて幼年時代を過ごしました。小学生の頃にヨハンナ・スピリの「アルプスの少女ハイジ」を読み、感動したと伝えられています。のちに鹿児島県で教師や図書館長を務め、教育、文化の発展に尽くしました。自然を守る大切さに早くから気づいて活動した人でもあります。

屋久島を舞台にした『片耳の大鹿』は、動物と自然の力強さがひしひしと伝わってくる作品です。たとえば、大鹿の眼の色。これは実際にそれを目撃したからこそ、いきいきと描かれているのだと思います。雨や風にうたれて、命の危険にさらされる場面も、迫力があります。実際に経験しているからこそ臨場感があるのでしょう。

鹿狩りに出かけた一行が冬山で嵐にあい、ほら穴で一夜を過ごす場面などからは、動物でも人間でも優しい心を必ず持っているのだ、ともに大自然のなかで生きているもの同士なのだということが伝わってきます。しかし、その一方で人間は「豊か」になるために、森林を破壊し、自然をこわしてたくさんの動物たちを絶滅の危機に追いやっています。この作品は、これから人間は、どのように動物と対応していけばいいのか、自然保護や環境問題も見据えながら、子どもも大人もいっしょになって考えるうえで参考になるように思います。

生まれ故郷の長野県下伊那郡と、人生の大半を過ごした鹿児島県姶良郡に「記念館」が建てられています。

三人きょうだいの三つの道の運命

おススメ 12

一郎次《いちろうじ》、二郎次《じろうじ》、三郎次《さぶろうじ》

作・菊池《きくち》 寛《かん》

あらすじ

千年もむかしのこと、一郎次、二郎次、三郎次という貧乏なきょうだいが、都をめざして出発しました。

とおくに都が見えるところに、大きなイチョウの木があって、道が三つに分かれていました。

そこで、一郎次が右の道を、二郎次がまんなかの道を、三郎次が左の道を、それぞれ都に向かうことにしました。

その日、一郎次は、えらい役人の家来になることになりました。

二郎次は、寝ていたお堂で〝との様〟のために働かないかとさそわれ、そうすることにしました。

三郎次は、大金持ちのむすめさんのおむこさんになることになりました。

さて、それから十年ほどたって、三人は思わぬところで再会するのでした。

三《み》すじの別《わか》れ道《みち》

まだ天子様《てんしさま》の都《みやこ》が、京都《きょうと》にあったころで、いまから千年《せんねん》もむかしのお話《はなし》です。都《みやこ》から、二十里《にじゅうり》ばかり北《きた》にはなれた丹波《たんば》の国《くに》のある村《むら》に、三人《さんにん》のきょうだいがありました。一番上《いちばんうえ》の兄《あに》を一郎《いちろう》次《じ》といいました。まん中《なか》を二郎次《じろうじ》といい、すえの弟《おとうと》を三郎次《さぶろうじ》といいました。きょうだいともうしましても、十八《じゅうはち》、十七《じゅうしち》、十六《じゅうろく》、という一《ひと》つちがいで背《せ》の高《たか》さもおなじくらいで、顔《かお》のようすやもののいいぶりまで、どれが一郎次《いちろうじ》で、どれが二郎次《じろうじ》だか、他《た》人《にん》には見《み》わけのつかないほどよくにていました。

「都」ってなに？

「都」とは、一般的に、天皇のすむ家（皇居）があるところ、または、その国の首都などのことをいいます。

このおはなしは、千年前のこと。当時は、平安時代なので、「都」とは京都のことです。京都は、西暦七九四年から千年以上も日本の都でした。

現在は、皇居は東京にあり、首都も東京なので、日本の「都」は東京ということになります。

不幸《ふこう》なことに、このきょうだいはちいさいときに、両親《りょうしん》に別《わか》れたため、すこしばかりあった田《た》や畑《はたけ》も、いつのまにか他人《たにん》にとられてしまい、いまではだれもかまってくれるものもなく、他《た》人《にん》の仕事《しごと》などを手《て》つだって、ようやくその日《ひ》その日《ひ》を暮《く》らしておりました。が、びんぼうではありましたが、三人《さんにん》とも大《だい》の仲《なか》よしでありました。

朗読のポイント

構成がかっちりしているので、それに沿って、慌てず生き生きとお話を読み進めましょう。

それぞれの兄弟が出会った人物と、その境遇の違いを出せるといいと思います。

最後に三人が再会するところは、もたもたせずにとんとん運んでいくようにまとまるといいでしょう。

人と作品について

香川県の貧しい家に生まれた菊池寛（一八八八〜一九四八）は、作家としての活動だけでなく、雑誌「文藝春秋」を創刊し、多くの作家を育てました。優れた小説に与えられる、現在最も権威のある賞、芥川（龍之介）賞、直木（三十五）賞は、菊池の発案で設けられたものです。

菊池の人柄を物語るエピソードに、第一高等学校時代の「黒マント事件」があります。学生寮から黒マントが盗まれたのですが、「菊池は貧乏だから、彼が盗んだに違いない」といううわさが流れ、犯人に仕立てられました。菊池は、友人をかばって罪をひとりでかぶります。その結果、放校となり、志望していた東京帝国大学には進学できませんでした。

菊池の名作の一つである『恩讐の彼方に』での「罪を許す」という結末は、作者の原風景ともいえるでしょう。また、「黒マント事件」によって、菊池は、ほんのちょっとしたことが引き金になって、人生行路というものは大きく外れてしまうことを、身をもって経験したのかもしれません。

『一郎次、二郎次、三郎次』でも、「別れたときは、たったひと足のちがいでありました。それがおしまいには、こんなひどいちがいになりました」と結んでいます。「ひどいちがい」とは、ひとりは盗賊になり、ひとりは大金持ちの娘のむこになり、ひとりはいまでいえば警察署長兼裁判所長になることを指しています。

人間というものは、だれでも心の中に良いものと悪いものの両方を持っていて、その表われ方が違うのだ、ということを知っていた作家といえます。

タクシー運転手の松井さんが出合うお客さんたち

おススメ 13

小《ちい》さなお客《きゃく》さん

（『車《くるま》のいろは空《そら》のいろ　白《しろ》いぼうし』より）

作・あまん きみこ

あらすじ

運転手の松井五郎さんは、空いろのタクシーのうしろのタイヤがパンクしたので、交換するためにジャッキ（小さな力で重いものをもちあげる機械）で車体をもちあげようとしました。でも、この日は、うまくいきません。松井さんは、顔を赤くして、ふんばりました。

そのとき、六つと四つぐらいの、短い赤ズボンをはいた、ふたりの男の子に声をかけられました。それ（タクシー）を動かすお手つだいをしようか——というのです。松井さんは、おもしろがって、お願いすることにしました。ところがどうでしょう、男の子たちは、少しずつ、ジャッキで車体をもちあげはじめたではありませんか！　松井さんは、あっけにとられました。そして、そのお礼に、子どもたちをタクシーにのせてあげることにしました。

空《そら》いろのぴかぴかのタクシーが、一台《いちだい》、とまっていました。

そのうしろにしゃがみこんで、さっきから、ねっしんにタイヤをしらべているのは、この車《くるま》のうんてんしゅ――、松井五郎《まついごろう》さんです。まるいはなの上《うえ》に、つぶつぶのあせがひかっています。

とおくのひこうじょうまでお客《きゃく》をのせていき、からでもどるとちゅうでした。

ちっ――

と松井《まつい》さんは、らんぼうなしたうちをしながらたちあがりました。おもったとおり、うしろのタイヤがパンクしていたからです。

むしまんじゅうのようにふくれた顔《かお》で、松井《まつい》さんは、荷台《にだい》から、

タクシーの歴史

タクシーは、正式には「タクシーキャブ」といいます。お客さんをのせて距離と時間によって料金をとる貸しきりの乗用車のことです。一七世紀、イギリスでは客をのせる馬車が人気をあつめましたが、その後、馬車にかわって自動車が走るようになって、これがタクシーの始まりだといわれます。

日本では一九〇七年（明治四〇）、東京にはじめて客をのせてお金をとる自動車が登場しました。

銀《ぎん》いろのジャッキをとりだしてきました。

ふとい車《しゃ》じくにジャッキをかけ、この車《くるま》をもちあげねばなりません。そこで、

「ん！」

と、ジャッキについているねじぼうをまわそうとしました。ところが、うごきません。

朗読のポイント

松井さんが男の子だと思っていたのは、実はきつねの子ども。きつねの子どもたちは興味津々、ワクワク、ドキドキ、いのちがキラキラしていますね。読みながら、そのエネルギーをもらいましょう。松井さんも私たちも、そんなドキドキするようなことを、きっと経験したことがあるでしょう。

「これじゃ、のれないわ」と女の人が登場するところはしっかり気持ちを切り替えること。このお話が、ぎゅっと引き締まるポイントです。

人と作品について

あまんきみこは一九三一年（昭和六）、中国・満州に生まれた童話作家です。

大人ばかりの大家族で、子どもは自分だけだったため、周囲の大人のお話を聞かされながら育ちました。たとえば、祖父は偉人伝を、上のおばはアンデルセンやグリム童話のようなものを、下のおばは怪談ものを、とそれぞれにあまんに話してくれるお話のジャンルは決まっていたといいます。そういう環境の中で、あまんの愛読書は宮沢賢治の童話でした。

デビュー作の『車のいろは空のいろ』は、複数の短編から成り立っています。いわば和風の身近なファンタジーとして、子どもの生活感覚にぴたりとフィットしたようで、シリーズになってたくさんの子どもに読み継がれています。あまん作品の読者にとって、「空いろのタクシーを運転する松井さん」は、いまや親しい知人のような存在ですが、作品を読んだことのない人には何の変哲もないネーミングです。こういう、ささやかな命名にも、作者の機知が光っています。

初版からの有名なセリフ「空いろの車を町でみかけたら、きっとそれは松井さんのタクシーです」の、なんとわくわくすること。こうした親しみやすさと、子どもらしいいたずらやおおはしゃぎを許すおおらかさが、作品に共通するものです。なかでも「小さなお客さん」はその典型的な作品で、実にほほえましいお話です。計算しますと、松井さんが空いろの車を運転して、今年でなんと四十年目です。ベテラン運転手の空いろのタクシーは、子どもばかりではなく大人の夢を、いまも快適に乗せてくれます。

おススメ 14

あしたの風《かぜ》

作・壺井《つぼい》栄《さかえ》

ほしかった長ぐつを買ってもらった夏子

あらすじ

六年生の夏子の家は、びんぼうでした。お父さんが戦争で死に、お母さんは毛糸のセーターをあむ仕事をしていました。長ぐつがほしくても、なかなか買ってもらえないので、夏子はお母さんに、ウソをついてしまいました。学校で長ぐつを持ってないのは、夏子のほかにもうひとりだけだよ――。ホントは、持っていない子が、もっとたくさんいたのです。

でも夏子は、お母さんにほんとうのことを打ち明けました。お母さんは夏子をゆるしてくれ、ある日、長ぐつを買ってきてくれました。夏子は、雨ふりの日が待ちどおしくなりました。雨の日がやってきて、夏子はお母さんに、学校から帰ってきたら長ぐつに名前を書くように言いつけられました。ところが、夏子は学校で悲しい目にあってしまいました。実は長ぐつが学校でなくなっていたのです――。

夏子《なつこ》のおかあさんは、ときどき、どぎもをぬくような思《おも》いきったことをして、子《こ》どもたちをよろこばすのがすきでした。たとえば、雨《あめ》がふりつづいて、長《なが》ぐつがほしいなと思《おも》っていると、つぎの日《ひ》あたりにはちゃんと買《か》ってきて、だまってげんかんにそろえてあるといったぐあいです。ふつうならば、雨《あめ》ふりに長《なが》ぐつをはくのはあたりまえのことですが、そのあたりまえすぎるほどあたりまえのことで、どぎもをぬかれるというのは、夏子《なつこ》の家《うち》が長《なが》ぐつ一足《いっそく》かうにもいろんな心《こころ》くばりがいるということになります。つまりびんぼうなのですね。ですから、夏子《なつこ》が口《くち》にだしてねだったわけではないのに、おかあさんには、夏子《なつこ》の

「長ぐつ」と「げた」

長ぐつは、ゴムや革《かわ》でできた、ひざの下まであるくつのことです。雨や雪のときなどにはきます。

このお話に登場する夏子は、長ぐつを買ってもらう前、雨の日には「足駄《あしだ》」をはいていました。あしだは、高い歯（土をふむ板の部分）のある、下駄《げた》のことです。げたは、キリやスギなどの木でできています。一般に広まったのは江戸時代です。

気持《きもち》がちゃんとわかっていたようです。なぜなら、雨《あめ》がふると夏子《なつこ》はなんとなくぷりぷりしていたからです。それまではいていた長《なが》ぐつを弟《おとうと》にゆずり、六年生《ろくねんせい》になってから夏子《なつこ》はずっと長《なが》ぐつなしでした。それでもいつか、いちどねだったことがあります。

朗読のポイント

きびしい生活を描いていますが、冒頭から最後まで、話の中に「あしたに向かう風」が吹き抜けていて、爽やかな魅力があります。

夏子のおかあさんの、深い思いから出る「明るさ」に迫れるといいですね。

人と作品について

壺井栄（一九〇〇〜六七）は瀬戸内海の小豆島（香川県）に生まれた女性の作家です。

子守りや内職をしながら高等小学校を卒業。郵便局や役場などで働くなか、兄の影響で文学に親しみました。

同郷の詩人壺井繁治と結婚した後、佐多稲子や宮本百合子らと知り合い、プロレタリア★文学運動に参加しました。歴史に翻弄される人たちの喜びや哀しみを丁寧に描き、平和の尊さを静かに訴える作品をたくさん残しています。

その多くの作品の中で、哀しくても貧しくても明るい光と優しさが失われないのは、生まれ育った小豆島の生活や風土にあると言われています。

第二次大戦の苦難を乗り越えた若い教師が教え子たちと再会する『二十四の瞳』は、空前のベストセラーとなり、映画にもなりました。戦争を境にして変わった子どもたちの運命も、温かくそして明るい目で見つめています。

『あしたの風』は、父親が戦死し、母親と弟と貧しさのなか、一生懸命に生きている女の子のお話です。女の子は、ずっと長靴を買ってほしいと思っていましたが、お金がなくて買ってもらえませんでした。戦中、戦後はみんな貧しかったので、どこの町にも、どこのクラスにも長靴を買ってもらえない子が何人もいました。

戦争は嫌だと感じるだけでなく、戦争のない世界をつくる人になろうという子どもの意識は、こうした作品を通じて育まれていくものなのかもしれません。

★プロレタリア文学運動　大正の終わりから昭和のはじめにかけて起こった、文学を個人的なものではなく、社会主義・共産主義と結びつけて広めようとした運動。

おススメ 15

青《あお》いオウムと痩《や》せた男《おとこ》の子《こ》の話《はなし》

作・野坂《のさか》昭如《あきゆき》

〝妹〟のセッチャンを助けようとした男の子

あらすじ

八つになる男の子が青いオウムを飼っていました。船のりだったお父さんが、南の国から買ってきてくれたオウムで、男の子は、セッチャンとなまえをつけて、自分の妹にしていました。戦争中のことで、お父さんの乗った船は南の海でしずみ、お父さんはなくなりました。

食べるものも、あまりない時代でした。男の子とお母さんは、セッチャンのために畑にヒマワリを植えて、タネをエサにしました。でも、ある日のこと、町は空襲《くうしゅう》におそわれます。セッチャンを助けようと、男の子は家にもどりました。そのとき、近くに爆弾《ばくだん》が落ち、そのショックで、男の子はなにも話せなくなりました。お母さんは、爆弾で死にました。

セッチャンは、『ダイジョウブ?』と、おぼえたことばで男の子を元気づけました。

昭和二十年《しょうわにじゅうねん》、八月十五日《はちがつじゅうごにち》

山《やま》のふもとに近《ちか》い、町《まち》のはずれ、小《ちい》さな防空壕《ぼうくうごう》の中《なか》に、オウムと男《おとこ》の子《こ》が住《す》んでいました。

男《おとこ》の子《こ》は八歳《はっさい》になったばかりですが、船乗《ふなの》りだった男《おとこ》の子《こ》のお父《とう》さんが、三年前《さんねんまえ》、南《みなみ》の国《くに》からおみやげに買《か》って来《き》てくれたオウムの年《とし》はわかりません。

オウムは、頭《あたま》のてっぺんだけ、冠《かんむり》をかぶったように黄色《きいろ》で、また、羽根《はね》の付《つ》け根《ね》、血《ち》を流《なが》した如《ごと》く赤《あか》い色《いろ》が浮《う》き出《だ》し、その他《ほか》は青一色《あおいっしょく》の、やわらかな羽毛《うもう》におおわれています。

しわまみれの、醜《みにく》い脚《あし》をみると、たいへんな年寄《としよ》りにも思《おも》え

「オウム」ってどんな鳥？

「おうむ返し」という日本語があります。意味は「ひとが言ったように言い返すこと」です。

飼われているオウムは、人間のことばやイヌのなき声を、よくまねします。オウムは知能が高いとされています。羽の色が、あざやかで美しい種類がおおく、世界中で飼われています。南アメリカや東南アジアなどにいます。木の実やくだもの、こん虫を食べます。

るし、また、いたずらっぽい眼《め》つきは、子供《こども》のようでもあるし、とにかくオウムは、百年《ひゃくねん》くらいも寿命《じゅみょう》があるそうで、見当《けんとう》がつきません。でも、他《ほか》に兄弟《きょうだい》のいない男《おとこ》の子《こ》は、このオウムを、自分《じぶん》の妹《いもうと》と決《き》めていました。

朗読のポイント

戦争という事実を童話にしていますが、決して重くせずに、まず事実をひとつひとつ確認して伝えることを大切にしましょう。

その積み重ねを通して、私たちの生まれる前にあったことを想像し、そこで生きていた人や、失われたいのちに思いを馳せる時間にできたらいいですね。

人と作品について

野坂昭如は一九三〇年（昭和五）に鎌倉で生まれ、直後に母親を亡くしました。そして、養子先の神戸で育ち、十四歳で終戦を迎えます。

『青いオウムと痩せた男の子の話』と同じように戦争体験をもとにした『火垂るの墓』は、幾度読み直しても、涙が流れてしまいます。

四つになる作者の義理の妹は、終戦から一週間後に飢えで死んでしまいました。この体験が『火垂るの墓』を生み出しました。ですから事実に即した凄みがあるのです。八歳の少年が主人公の『青いオウムと痩せた男の子の話』は、八月十五日の終戦記念日には、子どもに読んで聞かせてあげてほしい悲しいお話です。でも、ただ悲しむだけではなく、当時の日本にはこういう現実があちらこちらで本当にあったのだということを、知ってほしいものです。

野坂は戦争当時、十代だった自分の眼に映り、耳に入ったすべてを書き残しておきたいという気持ちが「わだかまり」としてあったと言います。それが『一九四五・夏・神戸』という小説を生み、次いでこの『青いオウムと痩せた男の子の話』を収めた『戦争童話集』が誕生しました。

戦争によって何人亡くなったというような数字は、事実として歴史の教科書に残っていきます。しかし、亡くなった一人ひとりが、その瞬間まで一生懸命に生きていたこと、そして、その人たちの「思い」というものは、本や映画を通じて後世の人びとに伝えていかなくてはなりません。野坂は「おもちゃのチャチャチャ」に代表されるように、作詞の世界でも数多くのヒットソングをつくっています。

人さらいにあった安寿と厨子王の運命

おススメ 16

山椒大夫《さんしょうだゆう》

作・森《もり》 鷗外《おうがい》

あらすじ

姉の安寿《あんじゅ》と弟の厨子王《ずしおう》は、お母さんといっしょに、遠くにいるお父さんに会いにいく途中、人さらいにあい、山椒大夫《さんしょうだゆう》という人買いに売られてしまいました。お母さんとも、はなればなれになり、ふたりは両親に会える日をたのしみに、泣きながら、はたらかされました。

ある日、安寿は厨子王に運をたくして京のみやこへ逃がし、自分は死んでしまいます。厨子王は、ぶじにみやこへ着き、安寿からもらった大切なお守りを貸してほしいという、関白師実《かんぱくもろざね》に出会います。お守りのおかげで師実の娘の病気はよくなりました。厨子王は出世し、山椒大夫がいる丹後国《たんごのくに》の国守《こくしゅ》(長官)になります。厨子王は、佐渡島《さどがしま》へお母さんをさがしにいき、「安寿こいしや」「厨子王こいしや」とくりかえす、目が見えなくなったお母さんと再会するのでした。

越後《えちご》の春日《かすが》を経《へ》て今津《いまづ》へ出《で》る道《みち》を、めずらしい旅人《たびびと》の一群《ひとむ》れが歩《ある》いている。母《はは》は三十歳《さんじゅっさい》をこえたばかりの女《おんな》で、ふたりの子供《こども》を連《つ》れている。姉《あね》は十四《じゅうし》、弟《おとうと》は十二《じゅうに》である。それに四十《よんじゅう》ぐらいの女中《じょちゅう》がひとりついて、くたびれた同胞《はらから》ふたりを、「もうじきにお宿《やど》におつきなさいます」といって励《はげ》まして歩《ある》かせようとする。ふたりのなかで、姉娘《あねむすめ》は足《あし》を引《ひ》きずるようにして歩《ある》いているが、それでも気《き》が勝《まさ》っていて、疲《つか》れたのを母《はは》や弟《おとうと》に知《し》らせまいとして、おりおり思《おも》い出《だ》したように弾力《だんりょく》のある歩《ある》きつきをして見《み》せる。近《ちか》い道《みち》を物《もの》まいりにでも歩《ある》くのなら、ふさわしくも見《み》えそうな一群《ひとむ》れであるが、笠《かさ》や杖《つえ》やらかいがいしいいでたちをして

「丹後の国」と「佐渡島」

前ページの「あらすじ」で触れた「丹後の国」とは、むかしの国の名前のひとつです。いまの京都府の北の方、宮津市や舞鶴市のあるあたりを「丹後の国」といいました。漁業がさかんでした。

「佐渡島」は新潟県の沖、日本海にうかぶ島で日本海ではいちばん大きな島です。島面積は約八五〇平方キロ。島流しの島として、順徳上皇、日蓮ら、たくさんの人が流されました。一六〇一年には金山が開発されました。

いるのが、たれの目《め》にもめずらしく、また気《き》の毒《どく》に感《かん》ぜられるのである。

道《みち》は百姓家《ひゃくしょうや》の断《た》えたり続《つづ》いたりする間《あいだ》を通《とお》っている。砂《すな》や小石《こいし》はおおいが、秋日和《あきびより》によくかわいて、しかも粘土《ねんど》がまじっているために、よくかたまっていて、海《うみ》のそばのようにくるぶしを埋《う》めて人《ひと》を悩《なや》ますことはない。

朗読のポイント

そう簡単には仲良くなってくれない文章ですが、まず一音一音きちんと噛みしめて、発音するところから始めてみましょう。

無理に感情を込めたりせず、また人物によって声音を変えたりせず、言葉と向かい合ってみるのもいいかもしれません。

人と作品について

森 鷗外（本名・林太郎一八六二〜一九二二）は小説家であり軍医でした。石見国《いわみのくに》（現在の島根県）津和野藩の典医の家に生まれました。幼いころから漢籍に親しみ、神童とうたわれました。わずか十一歳で東京医学校（現在の東大医学部）に入学を果たします。大学創設以来の最年少、十九歳で卒業。陸軍軍医となり、衛生制度を学ぶためにドイツに留学しました。

『舞姫』はドイツ滞在中の女性との恋愛を描いています。帰国後は、軍医総監にまで昇進する一方で、『青年』『雁』『阿部一族』『高瀬舟』等の作品を著しました。

『山椒大夫』は、古浄瑠璃の「山椒太夫」に材をとったとされる歴史小説です。作品は一九一五年（大正四）一月に発売された「中央公論」に掲載され、これを読んだ柳田国男はその年の春の論文で早速、「森鷗外氏の書かれた山荘大夫の物語は、例のごとく最も生き生きとした昔話であった」と評価しています。

子どもを拉致し、奴婢《ぬひ》（奴隷《どれい》）として使うなど、この作品に書かれた姿は現代の日本では考えられないことです。しかし、世界の貧しい国では、厳しい労働を強いられていたり、学校に行けない子どもたちも少なくありません。この作品は、そのような現実も思い起こさせてくれます。

鷗外は亡くなる直前、生涯の友、賀古鶴所《かこつるど》に「石見ノ人森林太郎トシテ死セント欲ス」という遺言を残しました。軍人、作家として頂点を極めた鷗外の、肩書きを取り去って、ただ一個人として死んでいきたいというこの言葉は、重いものがあります。

おススメ
17

ハボンスの手品《てじな》

作・豊島《とよしま》與志雄《よしお》

ふしぎなシャボン玉を手に入れた手品師

あらすじ

トルコの国の手品師ハボンスには子どもがいましたが、ある年の冬、死んでしまいます。悲しくてしかたのないハボンスは、死んだ人を生き返らせてくれるという魔法使《まほうつか》いを、山奥にたずねることにしました。

やっと見つけた魔法使いのおばあさんは、ハボンスをかわいそうに思い、なんでものぞみのものに姿をかえる、ふしぎなシャボン玉をあげました。たとえば、死んだ子どもに会いたいと祈りながら空にとばすと、子どもの姿になるシャボン玉です。ただ、シャボン玉がなくなるとき、ハボンスのからだも、あわになって消えるというのです。

でも、ハボンスは大よろこび。都にいって人気者になりますが——。

むかし、トルコに、ハボンスという手品師《てじなし》がいました。三角《さんかく》のぼうしをかぶり、赤《あか》や青《あお》の着物《きもの》を着《き》、ひとりの子《こ》どもを連《つ》れて、いなかの町々《まちまち》をまわり歩《ある》きました。そして、町《まち》の広場《ひろば》にむしろを広《ひろ》げて、いろんな手品《てじな》をして見《み》せました。しゃちほこだちや、棒《ぼう》のぼりや、金輪《かなわ》の使《つか》い分《わ》けや、おかしなおどりなどをたいこをたたきながらやるのです。

けれども、そういう広場《ひろば》の手品師《てじなし》の生活《せいかつ》は、楽《らく》ではありませんでした。見物人《けんぶつにん》が放《ほう》ってくれる金《かね》はごくわずかなものでしたし、そのうえ、天気《てんき》のよい日《ひ》にしかできないのです。雨《あめ》が降《ふ》ったり、雪《ゆき》が降《ふ》ったりするときには、宿屋《やどや》の中《なか》に、ぼんやりしていなけ

「トルコ」ってどんな国?

トルコは、西アジアの国です。古くからさまざまな文化がさかえました。ボスポラス海峡という海をはさんで、東(アジア)と西(ヨーロッパ)にまたがっています。海峡には、日本が協力してできた、ふたつのつり橋がかかっています。

国の広さは日本の約二倍(七七万五千平方キロメートルぐらい)、人口は約半分(六〇〇〇万人ぐらい)です。

ればなりません。

ある年《とし》の冬《ふゆ》、毎日毎日《まいにちまいにち》冷《つめ》たい雨《あめ》が降《ふ》りつづきました。

ハボンスと子《こ》どもとは、山《やま》おくの小《ちい》さな町《まち》にいっていましたが、広場《ば》に出《で》て手品《てじな》を使《つか》うこともできず、きたない宿屋《やどや》の部屋《へや》にとじこもっていました。そして、はやく天気《てんき》になって、美《うつく》しい金輪《かなわ》を使《つか》い分《わ》けたり、思《おも》うさまおどりくるったりして、広場《ひろば》に集《あつ》まっている人《ひと》たちを喜《よろこ》ばしてやりたいものだと、それぱかりを待《ま》っていました。

朗読のポイント

この美しくも哀しいお話の魅力は、「生と死」「悲しみと喜び」「絶望と希望」などが表裏一体となって描かれているところにあると思います。その幅を持って表現できたら、いいですね。

また、「○○になーれ、○○になれ」という言葉は外に向かってしゃべるのではなく、まず自分の内側、奥深くに念じるよう唱えてみましょう。

人と作品について

豊島與志雄（一八九〇～一九五五）はフランス文学者です。福岡県に生まれ、東京帝国大学を卒業しました。ヴィクトル・ユゴーの「レ・ミゼラブル」、ロマン・ロランの「ジャン・クリストフ」などの翻訳でも知られます。特に「レ・ミゼラブル」は名訳として知られ、翻訳小説としては数少ないベスト・セラーの一冊となっています。

学生時代に芥川龍之介らと雑誌「新思潮」を刊行して小説も書きはじめました。鈴木三重吉にすすめられて児童雑誌「赤い鳥」に子ども向けの読み物も寄稿しました。その背景には、四十歳のとき妻に先立たれ、残された幼い子ども三人を育てることになり、お話をつくるようになった経緯があります。

『ハボンスの手品』は、父親が自分の教養や見聞したことを子どもに披露しつつお話を聞かせる設定になっていて、格調高く、どことなく威厳の感じられる作品です。また、トルコ、手品、魔法使い、シャボン玉などといった言葉がちりばめられていて、幻想的で異国情緒のただよう不思議な作品になっています。

幼い時に祖母から聞いた民話や伝説がこの物語の原点だといいます。孤独な影のある手品師は、著者自身のようでもあります。死んでしまったわが子を思い、生きがいを失うハボンスを描きながら、作者はどのような気持ちだったのか。自らの子どもたちへの愛は、子どもたちに伝わったのでしょうか。

そんなことを想像すると、ハボンスは、いったいどんな思いを込めてシャボン玉を吹いていたのか、あらためて思いをめぐらしてしまいます。

菊の花の世話がいやになった息子

おススメ 18

太陽《たいよう》と花園《はなぞの》

作・秋田《あきた》 雨雀《うじゃく》

あらすじ

きれいな菊の花がたくさん咲く大きな花園がありました。お父さんが大切に育て、死んだあとは、息子が世話をしましたが、息子は菊の花の世話をするのが、だんだんイヤになっていました。そこで、ある年、菊のかわりにコスモスを植えることにしました。コスモスは花園一面に咲きました。でも、あらしがやってきて、ぜんぶ地面に倒れてしまいました。

次の年、息子は何の花を植えればいいかなやみ、ほかの人からはダリヤなどをいろいろとすすめられたりしました。息子はしかたなく元の菊の花園に戻し、けんめいに世話をしました。でも、小さな、みにくい菊しか咲きませんでした。太陽は、ある日、お月さまに「人間というものはどうして自分のかんがえを大切にしないのだろう」と話しかけました。お月さまは笑っているばかりでした。

あるところに大《おお》きな花園《はなぞの》がありました。その花園《はなぞの》は小高《こだか》い岡《おか》の上《うえ》にあって、太陽《たいよう》がそれをよく照《て》らしていました。

花園《はなぞの》には、主人《しゅじん》と主人《しゅじん》の妻君《さいくん》と、かわいい女《おんな》の子《こ》とがありました。主人《しゅじん》は、この大《おお》きな花園《はなぞの》を自分《じぶん》の力《ちから》で手《て》にいれたのではありません。今《いま》の主人《しゅじん》のおとうさんのときに地所《じしょ》も宅地《たくち》も手《て》にいれたのでした。いまの主人《しゅじん》の仕事《しごと》というのは、地所《じしょ》や宅地《たくち》に手《て》いれするというにとどまっていました。それでも土地《とち》の人《ひと》たちは、この花園《はなぞの》の主人《しゅじん》を「だんなさま」と呼《よ》び、妻君《さいくん》のことを「おくさま」と呼《よ》び、女《おんな》の子《こ》のことを「おじょうさん」と呼《よ》んでいました。

菊とコスモスのふるさとは？

菊もコスモスも秋に咲きます。どちらも日本人に親しまれていますが、菊はもともと中国の花であり、コスモスはメキシコの花です。

日本にやってきたのは、菊は今から一三〇〇年ほど前、コスモスは今から一三〇年ほど前といわれます。

コスモスは、漢字で「秋桜」と書きます。「桜」という文字が入りますが、菊と同じ「キク科」の植物です。

花園《はなぞの》におとうさんの代《だい》から菊《きく》をたくさんに植《う》えていました。まい年菊《としきく》の季節《きせつ》になると、町《まち》の人《ひと》たちばかりでなく、遠《とお》い村《むら》の方《ほう》からも菊《きく》を見物《けんぶつ》にきました。おとうさんは、太《ふと》いまがりくねったつえをついて、お客《きゃく》にじまん話《ばなし》をするのをなによりの楽《たの》しみにしたものでした。

朗読のポイント

外にばかり基準を求めていると、おかしなことになるという、とても人ごととは片付けられないお話ですね。

主人の世間話は、日常会話をおおいに参考にしてください。最後に太陽とお月さまが出てきて、人間の営みを宇宙的な視点から照らし、このお話に広がりを与えています。

次元の違う最後の三行（太陽がお月さまに「人間というものは――」と話しかけるシーン）は、たっぷりと大切に読んでください。

人と作品について

秋田雨雀（一八八三〜一九六二）は青森県に生まれました。上京して早稲田大学の英文科を卒業。劇作家、小説や児童文学の作家、そして社会運動家として活躍しました。一時は演劇活動に没頭し、我が国はじめてのプロレタリア文学の雑誌「種蒔く人」に参加したこともあります。のちにはプロレタリア文化運動のシンボル的な存在になりました。

青年時代に、ロシアの全盲の詩人、童話作家ワシリー・エロシェンコとの出会いから、エスペラント（世界中で使える人工国際語）を広める社会運動に傾倒していきます。政治で世の中をよくしようと決意して選挙に出馬、落選した経験もあります。

秋田は娘の教育に役立てようとトルストイの民話を読んでいるうちに、童話に魅了され、自ら童話を書くようになりました。四十歳ごろのことで、『太陽と花園』をはじめ、毎月のように童話を発表、童話集を出しています。

童話集の巻頭には「童話は形式としては、大人が児童に読ませるものであるが、大人が、大人自身の子どもの性質に読ませるもの、精《くわ》しく言えば、人類が人類自身の永遠の子どもに読ませるために書くもの」「私たちは永遠の子どもなのである」などと書かれています。童話は決して子どもだけの読み物ではないのです。

『太陽と花園』は、人々の意見に惑わされる花畑の持ち主の話です。お話の最後のところで、太陽は月に「人間はどうして自分のかんがえを大切にしないのだろう」と語りかけます。月は笑うばかりですが、ほんとうはどう思ったのでしょうか。

お手々をまちがえた子ぎつねのお買いもの

おススメ
19

手《て》ぶくろを買《か》いに

作・新美《にいみ》南吉《なんきち》

あらすじ

森に雪がふり、お手々がつめたいようと、子ぎつねがお母さんに言いました。お母さんは、人間の町で手ぶくろを買ってあげることにしました。でも町のそばにくると、人間に追いかけられたことのあるお母さんは、こわくなりました。そこで子ぎつねの片方の手を人間の手にして、子ぎつねだけ町へやることにしました。お店の戸があいたら、人間の手の方を見せるんだよ、人間はこわいから、きつねの手を見せたら、おりに入れられるよ、と言いきかせて。

とん、とん。子ぎつねはお店の戸をたたきました。少し戸があくと、まぶしい明りがもれ、おどろいた子ぎつねは、この手にちょうどいい手ぶくろをちょうだい、と、出してはいけない方の手を出してしまいました——。

寒《さむ》い冬《ふゆ》が北方《ほっぽう》から、狐《きつね》の親子《おやこ》の棲《す》んでいる森《もり》へもやって来《き》ました。

ある朝《あさ》、洞穴《ほらあな》から子供《こども》の狐《きつね》が出《で》ようとしましたが、

「あっ。」と叫《さけ》んで眼《め》を抑《おさ》えながら母《かあ》さん狐《ぎつね》のところへころげて来《き》ました。

「母《かあ》ちゃん、眼《め》に何《なに》か刺《さ》さった、ぬいて頂戴《ちょうだい》、早《はや》く早《はや》く。」と言《い》いました。

母《かあ》さん狐《ぎつね》がびっくりして、あわてふためきながら、眼《め》を抑《おさ》えている子供《こども》の手《て》を恐《おそ》る恐《おそ》るとりのけて見《み》ましたが、何《なに》も刺《さ》さってはいませんでした。

きつねは神さまの使い？

きつねは、むかし、人のすんでいる近くでよく姿を見かけたので、田んぼや山の神さまの使いとされました。神社によくきつねの像があるのは、稲荷明神という食べ物の神さまの使いと考えられたからです。

江戸時代の安藤広重という有名な画家は、おおみそかの夜、関東地方のきつねが江戸（東京）の神社で集会を開いている絵をかいています。

母《かあ》さん狐《ぎつね》は洞穴《ほらあな》の入口《いりぐち》から外《そと》へ出《で》て始《はじ》めてわけが解《わか》りました。昨夜《さくや》のうちに、真白《まっしろ》な雪《ゆき》がどっさり降《ふ》ったのです。その雪《ゆき》の上《うえ》からお陽《ひ》さまがキラキラと照《て》らしていたので、雪《ゆき》は眩《まぶ》しいほど反射《はんしゃ》していたのです。雪《ゆき》を知《し》らなかった子供《こども》の狐《きつね》は、あまり強《つよ》い反射《はんしゃ》をうけたので、眼《め》に何《なに》か刺《さ》さったと思《おも》ったのでした。

朗読のポイント

真っ白な雪と、子狐の真っ白な心とが印象的です。

雪の降ったあと、まだ何者も踏み入れていない雪景色の中に、一歩ずつ足を踏み入れるような気持ちでお話を進めていきましょう。呼吸はたっぷりと。

お店からの帰り道で子狐の聞く、人間のお母さんの子守唄は、歌っても歌わなくても、愛情が伝わればどちらでも良いと思います。

人と作品について

新美南吉（一九一三〜四三）は愛知県の出身です。東京外国語学校に学びますが、健康がすぐれず、郷里に帰って教員になります。しかし、結核のため二九歳で亡くなります。地方の教師だったこと、夭折したこと——という共通の経歴から宮沢賢治と比較され、「北の賢治、南の南吉」と称されたこともあります。

南吉は代表作『ごんぎつね』やこの『手ぶくろを買いに』のような繊細な、抒情に満ちた童話をはじめ、童謡や詩、短歌、俳句、戯曲を書きました。

四歳で母親を亡くした少年時代の寂しさや孤独、病弱な自分への厳しい世間の目、貴重な友情などが『手ぶくろを買いに』のどこかに反映されていて、いつまでも心に残ります。

また、その人間の代表として、さりげなく登場する店主が、子ぎつねと知りながら手ぶくろを売ったのは、お金が本物だったからなのか、子ぎつねの純朴さにうたれたからなのか、興味深いところです。

それにしても、目が痛くなるような圧倒的な雪の朝の光や、しんとした雪の情景は、何度読み返しても美しく感動的です。愛知県生まれの南吉は、雪と親しむ機会はあまりなかったはずです。

アルブレヒト・デューラーは、ルネサンス唯一の北方の星として光り輝いた画家です。銅版画の傑作の他に、動物、なかでも蟹のデッサンで高い評価を得ています。ドイツの内陸で生まれ育ったデューラーが、ナポリで初めて蟹を目にしたのはずっと後年です。まだ見ぬものに対する想像と期待は、文においても絵についても芸術性を豊かにするようです。

魔女の宅急便屋さんを開店した魔女っ子キキ

おススメ
20

魔女《まじょ》の宅急便《たっきゅうびん》

作・角野《かどの》 栄子《えいこ》

あらすじ

魔女っ子キキは十三歳、やはり魔女であるお母さんコキリさんに、ひとり立ちの日を早く決めるようにせかされていました。魔女は、十三歳の年の満月の夜に家をはなれて、魔女のいない町や村でひとり暮らしを始めなくてはならない決まりだったのです。

いよいよその日、キキは黒ねこのジジとほうきにのり、コリコという町に着きました。コリコでキキは、「グーチョキパン屋」のおソノさんと知り合います。パンを買いにきたお客さんが忘れていった赤ちゃんのオシャブリを、キキはほうきにのってお客さんのところまで届けてあげました。そこでキキは、おソノさんに助けられ、配達屋さんをすることにしました。お店のなまえは「魔女の宅急便」。さあ、いよいよ、開店です！

あるところに、深《ふか》い森《もり》となだらかな草山《くさやま》にはさまれて、小《ちい》さな町《まち》がありました。

この町《まち》は南《みなみ》へゆっくりさがる坂《さか》の町《まち》で、こげたパンのような色《いろ》の小《ちい》さな屋根《やね》がならんでいます。

そして、町《まち》のほぼまん中《なか》には駅《えき》、ちょっとはなれたところにはかたまって、役所《やくしょ》、警察署《けいさつしょ》、消防署《しょうぼうしょ》、学校《がっこう》があります。この町《まち》は、どこにでもあるふつうの町《まち》のようです。

ところが、すこし気《き》をつけて見《み》ると、ふつうの町《まち》ではあまり見《み》られないものがあるのです。

その一《ひと》つは、町《まち》の高《たか》い木《き》という木《き》のてっぺんにぶらさがってい

魔女とほうきと黒ねこ

「魔女」といえば、ほうきで空を飛んだり、黒ねこと仲よくする姿などが思い浮かびます。

『奥さまは魔女』という外国の映画でも、やはり、ほうきにのっていました。

むかし、ヨーロッパでは、黒ねこは魔女にかわいがられている不吉な動物だという迷信が生まれました。『魔女の宅急便』のジジは、キキの大切な相棒であり、友だちです。

る銀色《ぎんいろ》の鈴《すず》です。この鈴《すず》は、嵐《あらし》でもないのにときどき大《おお》きな音《おと》をだすことがあるのです。すると町《まち》の人《ひと》たちは顔《かお》を見《み》あわせて、

「おや、おや、またちっちゃなキキが足《あし》をひっかけたね」

と笑《わら》いあうのでした。

朗読のポイント

建長寺・親と子の土曜朗読会が五〇回を超えたのを記念して、作者である角野栄子さんをお迎えして朗読したのがこの作品です。

朗読の後は、角野さん自身に、自作について語っていただきました。

キキが知らない町で新しい生活を始める——角野さんご自身のブラジルでの体験がこの作品の源泉であることを知り、感慨深い会となりました。

人と作品について

『魔女の宅急便』の作者、角野栄子は東京に生まれました。そして現在、南に向かって坂のある海辺の町の鎌倉に住み、『魔女の宅急便』のほかにも、想像力をふくらませてくれるたくさんの作品を書いています。

宮崎駿のアニメで世界的にもヒットした『魔女の宅急便』は、少女のみずみずしい成長の物語として、現在もシリーズで書き続けられています。四巻は十七歳になったキキの恋のお話です。最新刊の五巻ではどうなるのでしょう。魔女のことを「子ども時代は大事な魔女期、あわてずさわがずよろよろさせて」とも語っています。

人気の秘密のひとつは、教訓めいたところがなく、今を生きる等身大の少年少女がイキイキと登場することにあるのかもしれません。だからこそ、若い読者の共感を得ているのでしょう。「創造力を育み、深め、その楽しさを教えてくれるのは物語」と角野は言います。また、『魔女の宅急便』は、背景や人物描写が細かく丁寧でリアリティーに富んでいます。

キキや黒ねこジジの会話、話し言葉はとても自然です。角野の父親も、角野本人も江戸っ子だといいます。そんなことも影響しているのでしょうか、会話の歯切れの良さも魅力的です。

ところで、キキが未知の町で新しい生活を始めるという物語の設定は、角野自身のブラジルでの体験がもとになっています。著者は、二十五歳のときに移民船でブラジルに渡り、二年間、過ごしました。その当時のエピソードも、作品には盛り込まれています。

おススメ
21

玉虫厨子《たまむしのずし》の物語《ものがたり》

作・平塚《ひらつか》 武二《たけじ》

玉虫の羽で美しいものをつくろうとした仏師

あらすじ

むかし、都に若麻呂《わかまろ》というまだ年のわかい仏師《ぶっし》がいました。仏師というのは、仏像をつくる人のことです。若麻呂はあるときから、仏像を大切に置いておくための、ずし（厨子）という仏具を、夢中でつくりはじめました。とにかく美しいものをつくりたい、と、それだけを願いながら。でも、最後のしあげをどうしていいのか、わかりませんでした。

そんなある夏の日、若麻呂はセミ取りの男の子と出会います。そして、男の子が手になにか持っていることに気づきます。それは、玉虫でした。玉虫のからだは緑色にかがやき、背中のむらさきの筋は、ツヤツヤしていました。若麻呂は、「これだ！」と思いました。玉虫の美しい羽で、ずしを飾ろうと考えたのです。

むかしのことでございます。わかい仏師《ぶっし》が、都《みやこ》のほとりにいたそうでございます。名《な》はわかっておりません。といって、名《な》がなくてはお話《はなし》がしにくうございますので、若麻呂《わかまろ》とでも、仮《かり》の名《な》をつけておきましょう。

さて、仏師《ぶっし》といえば、仏像《ぶつぞう》を作《つく》る者《もの》のことでございますが、仏師《ぶっし》といわれますほどの者《もの》なら、絵《え》もかけば、絵《え》の具《ぐ》も作《つく》る、製紙《せいし》、大工仕事《だいくしごと》、なんでもひととおりこころえていなければなりませんでした。

仏師《ぶっし》に限《かぎ》らず、絵師《えし》に限《かぎ》らず、そのころそうした仕事《しごと》をしていた者《もの》は、美《うつく》しいものを作《つく》ること、今《いま》で申《もう》せば、美術《びじゅつ》のすべて

「玉虫」と「玉虫厨子」

玉虫の大きさは三十五ミリほどです。その羽は、金のようにかがやく緑色をしています。金属のようにツヤツヤしていてきれいなため、むかしから物をかざるために使われてきました。

世界遺産になっている法隆寺（奈良県）には、ほんとうに「玉虫厨子」があります。飛鳥時代（六世紀末から七世紀にかけての時代）につくられました。

を作《つく》りあげる者《もの》のことでございました。仏師《ぶっし》が仏像《ぶつぞう》を作《つく》るのは、仏像《ぶつぞう》を作《つく》るというだけのことでなくて、この世《よ》にまたとない美《うつく》しいものを作《つく》り出《だ》そうとするためでございました。したがって、仏《ほとけ》の教《おし》えを信《しん》じてはおりませんでも、美《うつく》しいものを作《つく》ろうとするために仏師《ぶっし》となる者《もの》もございました。

朗読のポイント

朗読をはじめる前に、まず「厨子」とはどんなものなのか、また法隆寺にある「玉虫厨子」は本当に玉虫の羽を飾りに用いていたことなどを話しておくと、このお話がぐっと身近に迫ってくるでしょう。

落ち着いた文体を自分の中に取り込んで、決して急がず、音としての言葉がいのちを持って輝いてくるように読んでみてください。

人と作品について

平塚武二（一九〇四〜七一）は横浜出身の児童文学作家です。

「赤い鳥」を主宰していた鈴木三重吉に師事していましたが、三重吉と対立してやがて独自の創作活動にはいりました。皮肉屋さんで毒舌家。生活も自由奔放で、いつも周囲の人間と摩擦を起こしていたと言われます。しかし、清らかに正しく美しい、凛とした庶民の人生を描いた作品は定評があります。主人公が逆境を乗り越えて生きる『風と花びら』や、山手異人街が舞台の『ヨコハマのサギ山』などの作品もおすすめします。

子ども向けの作品は、古典や神話、歴史に取材したものが優れており、聖徳太子や更級《さらしな》日記の作者（菅原孝標女《すがわらのたかすえのむすめ》）を描いたものなどがあります。

この『玉虫厨子の物語』も、平安朝の仏師の仕事ぶりをテーマにしています。美とは何か、真に美しいものとはどのようなものか、芸術家として美を求めてやまない若者のひたむきな生き方が、心をうちます。美しいもの、それはどこにでもあるものであってはならない、というのは芸術のオリジナリティーの希求とでもいえばいいのか。そのような絶対的な美を求めるのは、苦しいことです。

簡潔で平明な文章で、それを伝えながら、物語は「（若麻呂は）ぷいと家を出たまま、どこへ行ったかわからなくなりました。そして、その後は、何一つ作ったとも知られてはおりません」と余韻を残しエンディングを迎えます。なぜ若麻呂は行方知れずになったのでしょう。完全なる美をつくりだした後、どう生きたのでしょう。幸福だったのでしょうか。

おススメ
22

おぼえていろよ おおきな木《き》

作・佐野《さの》 洋子《ようこ》

おおきな木のすばらしさに気づかなかったおじさん

あらすじ

おじさんの小さな家に、大きな木がありました。春にはたくさん花がさき、夏には木かげにハンモックをつって昼ねをしました。秋には赤い実をつけ、冬が近づくと、落ち葉でおいもを焼きました。でも、おじさんは不満です。朝は小鳥の声でゆっくりねていられませんし、木かげでの昼ねのときは、毛虫が何びきもいたり、冬には頭のうえに木からどっさり雪が落ちてきたり。「おぼえていろよ！」。おじさんは、そのたびに木をけとばしたりしました。

冬のある日、ついにおじさんは、オノで木を切りたおしました。そして春になりました。でも、花がなくなって、おじさんは春がきたことに気づきませんでした。そして、ハンモックもつれず、おいもを焼くことも……。

みごとな　おおきな木《き》が　ありました。
おおきな木《き》のかげの　ちいさないえに、おじさんが
すんでいました。
はるになったので、おおきな木《き》には　はなが
たくさん　さきました。
ゆうびんやさんが　きて、
「ほんとに　みごとな木《き》だなあ。」
と、木《き》を　みあげました。
「おれには　とんでもない木《き》さ。」
おじさんは　かたを　すくめました。

「木」ってなに？

一～二年でかれる草に対して、何年も成長をつづける植物を「木」といいます。木には、いつも葉をつけている常緑樹《じょうりょくじゅ》と冬になると葉を落とす落葉樹《らくようじゅ》があります。

また、葉っぱの形によって、針葉樹《しんようじゅ》（針のような細い葉をした木の仲間）と広《こう》葉樹《ようじゅ》（広い葉っぱをした木の仲間）にわけられます。

漢字の「木」は、木の形からできました。

あさ　おじさんが　ねていると、おおきな木《き》に
ことりが　たくさん　あつまって、さえずります。
ピーチク　ピーチク
おじさんは　うるさくて、ねむって　いられません。

朗読のポイント

ページをめくるごとに季節は変わりますが、同じリズムでお話は進んでいきます。そのリズムが、前半と、木を切り倒した後の後半とで変ってきます。

前半のおじさんの「張り」と、後半の「空《くう》をつかむような手応えのなさ」を、「ページをめくる」という行為も含めて味わってみましょう。

人と作品について

佐野洋子は一九三八年（昭和十三）、中国・北京で生まれました。武蔵野美術大学を卒業後、ドイツのベルリン造形大学に留学。リトグラフ（版画の一種）を学びました。帰国後はデザインやイラストレーションの仕事を手掛けながら、『やぎさんのひっこし』で絵本作家としてデビューしました。代表作『一〇〇万回生きたねこ』は、人生や愛について深い感銘を与える絵本の傑作として親しまれています。また、子どもの内面をいきいきと描いた自伝風の作品には定評があります。飾り気のないエッセイには大人のファンもたくさんいます。

『おぼえていろよ　おおきな木』もリズミカルな文章と、独特のたくましさのある絵がひとつになって、いかにも佐野らしさが表現された作品になっています。それは既にタイトルにも表れているように思われます。見事に大きな、立派な木のある小さな家に住むおじさんは、何かというと「おぼえていろよ」と、木に毒づきます。おぼえていろよ、というセリフはけんか腰です。本当は木のことが大好きで、木の存在しない日常生活はありえないくせに、です。「おぼえていろよ」をくりかえすうち、ある日、ドンドンドドン、と木を切り倒してしまいます。そして、失ってみて、初めて大事なものの価値に気づくのです。それは、佐野の作品の基本となるテーマのひとつです。

でも、佐野はこの作品の結末に「希望」を残してくれています。それは、「新しい芽」です。ちょっぴり屈折したおじさんと、喜びを分かち合ってみてください。

糸を自分だけのものにしようとした犍陀多《かんだた》

おススメ
23

蜘蛛《くも》の糸《いと》

CD収録

作・芥川《あくたがわ》 龍之介《りゅうのすけ》

あらすじ

ある日のこと、お釈迦様《しゃかさま》は極楽《ごくらく》の蓮池《はすいけ》のまわりをひとりでぶらぶら歩いていました。そして、蓮池の底に見える地獄に目をやると犍陀多《かんだた》の姿を見つけました。

生きているときは、人をころしたり、家に火をつけたりした大どろぼうだった犍陀多ですが、お釈迦様は犍陀多が小さな蜘蛛を助けたことを思い出して地獄から救ってやることにし、一本の蜘蛛の糸を下ろしました。

天から糸が下ろされているのに気づき、その糸を上って極楽をめざす犍陀多でしたが、途中、ほかの罪人《ざいにん》たちが同じように糸を上ってくる姿を目にして、思わず、「この糸はオレのものだ！」と叫んでしまいます。

CD収録

或《ある》日《ひ》の事《こと》でございます。御釈迦様《おしゃかさま》は極楽《ごくらく》の蓮池《はすいけ》のふちを、独《ひと》りでぶらぶら御歩《おある》きになっていらっしゃいました。池《いけ》の中《なか》に咲《さ》いている蓮《はす》の花《はな》は、みんな玉《たま》のようにまっ白《しろ》で、そのまん中《なか》にある金色《きんいろ》の蕊《ずい》からは、何《なん》とも云《い》えない好《よ》い匂《におい》が、絶間《たえま》なくあたりへ溢《あふ》れております。極楽《ごくらく》は丁度朝《ちょうどあさ》なのでございましょう。

やがて御釈迦様《おしゃかさま》はその池《いけ》のふちに御佇《おたたず》みになって、水《みず》の面《おもて》を蔽《おお》っている蓮《はす》の葉《は》の間《あいだ》から、ふと下《した》の容子《ようす》を御覧《ごらん》になりました。この極楽《ごくらく》の蓮池《はすいけ》の下《した》は、丁度地獄《ちょうどじごく》の底《そこ》に当《あた》っておりますから、水晶《すいしょう》のような水《みず》を透《す》き徹《とお》して、三途《さんず》の河《かわ》や針《はり》の山《やま》の景色《けしき》が、丁度覗《ちょうどのぞ》き眼鏡《めがね》を見《み》るように、はっきりと見《み》えるのでございます。

クモのあみ

クモには、おなかの部分の端っこから糸をだしてあみをはるものと、あみをはらない種類がいます。

あみの形には、まるいものや、おさらのような形のものなどがあります。直径一メートル以上の、まるいあみをはるクモもいます。

自分でつくったあみにからまないのは、足のツメのところに油のようなものがついているためです。

世界には約三万五千種のクモがいます。

するとその地獄《じごく》の底《そこ》に、犍陀多《かんだた》と云《い》う男《おとこ》が一人《ひとり》、外《ほか》の罪人《ざいにん》と一《いっ》しょに蠢《うごめ》いている姿《すがた》が、御眼《おめ》に止《とま》りました。この犍陀多《かんだた》と云《い》う男《おとこ》は、人《ひと》を殺《ころ》したり家《いえ》に火《ひ》をつけたり、いろいろ悪事《あくじ》を働《はたら》いた大泥坊《おおどろぼう》でございますが、それでもたった一《ひと》つ、善《よ》い事《こと》を致《いた》した覚《おぼ》えがございます。

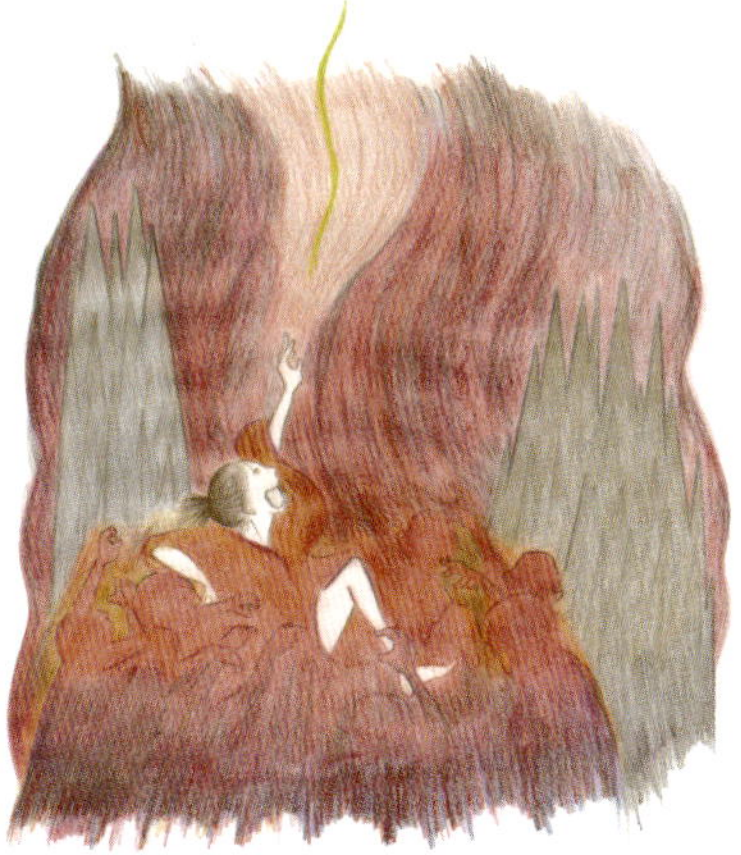

朗読のポイント

このお話を語っているのは誰でしょう？　極楽にいる誰か？　カンダタの魂？　死者、蓮の花、宇宙の声、それとも気の違った人が一人でブツブツ言っているのかもしれません。

日常の意識からすーっと自分の深い意識の層に潜ってみましょう。

カンダタの最後の叫びは、大きな声を出そうとせず、その時ごとに「あり得ない」状況を精一杯楽しみながら読んでください。

人と作品について

小説家の芥川龍之介（一八九二〜一九二七）は、東京に生まれました。東京帝国大学英文科に学び、友人の久米正雄や菊池寛らの影響で小説を書き始めました。文芸同人雑誌「新思潮」に発表した『鼻』が夏目漱石の高い評価を得、文壇にデビューしました。

ドストエフスキーの『カラマーゾフの兄弟』に、「一本の葱」という『蜘蛛の糸』によく似た民話が登場します。国文学者の吉田精一は、この民話のテーマは「どんな罪人にも慈悲の心があること、それによって人間が神仏に救われ得ること。しかしまた自分ひとりだけよい目にあおうとするエゴイズムが、結局は他の人々を救われないものにするとともに自分をも破滅させる」ことにあると解説しています。

『蜘蛛の糸』は芥川が初めて子どもたちのために書いた作品で、児童文芸雑誌「赤い鳥」に掲載されました。まだ子どものいなかった芥川は、どう書いていいかわからず大変、苦労したと言われています。

作品の中で描かれる地獄の様子は、読む者を恐怖に陥れます。芥川の子ども時代の遊び場は、両国にある回向院の境内でした。本堂にはよくお寺に見られる地獄絵図が掲げられたと伝えられています。

またこの作品の書き出しは、お釈迦様が極楽の蓮の池のほとりを歩くところから始まります。この作品を書いた当時、芥川は鎌倉に住み、庭に蓮の咲く池がありました。このような鮮やかに刻まれた伝説も、この作品の臨場感につながっているのかもしれません。

芥川は三十五歳の若さで自ら命を絶ちました。

浜辺でネコとくらす彦市じいさん

おススメ
24

オホーツクの海《うみ》に生《い》きる

原作・戸川幸夫《とがわゆきお》
文・戸川《とがわ》文《あや》

あらすじ

七十一歳になる彦市《ひこいち》じいさんは、北海道の東はし、オホーツク海につきだした知床半島《しれとこはんとう》の海岸にいました。漁師がねとまりする番屋《ばんや》で、夏の間はわかい漁師たちの手伝いをし、冬の間は氷に閉ざされた番屋でひとり、十五匹のネコの世話をするのです。

十一月、漁師たちを乗せた船を見おくった彦市じいさんは「ああ、またことしもひとりになった…」とつぶやきました。四度目の冬でもやはりさびしいものです。しばらくすると、さびしさにもなれ、オホーツクの海をながめて過ごしていました。

三月のおわり、流氷《りゅうひょう》がおきへうつりはじめた頃、ミャア……と、か細い声が、ふなつき場のあたりから聞こえてきました。

いまからおよそ四十年《よんじゅうねん》ほどまえ、北海道《ほっかいどう》の東《ひがし》のはし、オホーツク海《かい》につきだした知床半島《しれとこはんとう》の海岸《かいがん》には、一《いち》、二《に》キロメートルおきに、番屋《ばんや》とよばれる小屋《こや》がたてられていた。漁師《りょうし》たちは、夏《なつ》のあいだこの番屋《ばんや》にねとまりして、オホーツクの海《うみ》のゆたかなコンブやマスをとった。

オホーツクの海《うみ》は、秋《あき》になるとあれはじめる。するとそれをあいずに、漁師《りょうし》やその家族《かぞく》たちは浜《はま》をはなれ、つぎつぎと羅臼《らうす》の村《むら》へかえっていく。いちばんさいごにのこるのは、きまってサケ漁《りょう》の漁師《りょうし》たちだった。

彦市《ひこいち》じいさんは、そんな、サケ漁《りょう》の番屋《ばんや》のひとつ、赤岩番屋《あかいわばんや》

「知床半島」ってどんなとこ？

アイヌ語の「シルエトク（大地の果て）」から名が付いた知床半島は、北海道の北東の端にあります。キタキツネ、ヒグマなどの野生動物や、昔からの自然が残る場所として、世界遺産にも登録されています。

また、知床半島が面しているオホーツク海は、漁業資源の宝庫で、サケ・マス・タラ・カニ・ホタテガイ・コンブなどが捕れます。一月～二月にかけて流氷が流れつきます。

ではたらいていた。漁《りょう》のあるあいだは、わかい漁師《りょうし》たちのてつだいをし、冬《ふゆ》のあいだは、みんながいなくなった番屋《ばんや》で、ネコのせわをする。

彦市《ひこいち》じいさんは、ことし七十一歳《ななじゅういっさい》。

もう三年《さんねん》も、そんなくらしをつづけている。

朗読のポイント

荒々しく容赦ない自然と、そこに生きる人間たちの姿に、読んだだけでガーンと頭を殴られたような圧倒的な力を感じます。

時に自然に打ちのめされながらも、それを受け入れて生きることで、自然の持つ豊かさや美しさも知り得るのでしょう。

「自然保護」や「環境保全」という言葉が、薄っぺらなものに感じられる世界を、味わってください。

人と作品について

戸川幸夫（一九一二〜二〇〇四）は佐賀県に生まれた小説家、児童文学者です。

動物への知識と愛情をバックボーンに、それまでの日本には類のなかった「動物文学」という新しいジャンルを確立しました。毎日新聞の記者でもありました。

東北地方にわずかに命脈を保っていた犬をテーマにした『高安犬《こうやすいぬ》物語』や『子どものための動物物語』など、真実を伝える報道姿勢を崩すことなく、すぐれた児童向けの作品をたくさん書きました。沖縄でイリオモテヤマネコの標本を手に入れ、絶滅の危機に瀕したイリオモテヤマネコの発見にも貢献しました。

作品は、脅威に満ちた自然の素晴らしさを表現したものが多く、自然と共存することの厳しさも同時に伝えています。『オホーツクの海に生きる』も、新聞記者魂ともいうべき公平で冷静な姿勢で、厳しい北の海に体を張って生き抜く人びとを丁寧に取材して書きあげました。ノンフィクションといってもいい分野です。

この本のあとがきには、戸川が丹念に取材し、たくさんの人の話に耳を傾けて『オホーツクの海に生きる』の原作本『オホーツク老人』を書いたことを知る娘の文が、「自分の目と心を大切にする人」だったという作者の思いを継承して「これから成長していく子供たちに、自然に対する畏敬の念だけは忘れてほしくないと思う」と記しています。

緊張感に満ちた簡潔な表現、飾らない文章で、自然と人間を描いた名作といえる作品です。

くじらも食べることにしたおなべのばあさん

おススメ 25

はらぺこおなべ

作・神沢《かんざわ》 利子《としこ》

あらすじ

おなべのばあさんは台所で働いてきましたが、ある日、きゅうに働くのがイヤになり、おいしいものをおなかいっぱい食べてやる——と、台所を出ていきました。

カタン、コトンと、歩きはじめたおなべのばあさんは、まず、ネズミの持っていたソーセージを取りあげ、ペロリ。つぎに、めんどりをそのまま、パクリ。そして畑でキャベツを、小川でえびがにを食べました。ぽかぽかお天気に、ばあさん、昼寝をはじめました。すると、みるみる体が大きくなりました。ばあさんのおなかは空いたままです。じゃがいもや雌牛《めうし》をパクンと飲みこみ、体は、もっともっと大きくなりました。今度は、海にいくことにしました。おなかをいっぱいにするために、くじらを食べることに決めたのです。

かたなべの　ばあさんが、いました。
まいにち、やさいを　にたり、しちゅーを　つくったりして、はたらいていました。
ところが　あるひ、おなべの　ばあさんは、きゅうに、はたらくのが　いやになりました。
「ひとのために、ごちそうを　せっせと　つくるなんて、やなこった。あたしゃ、でていくんだ。これからは、おいしいものを　おなかいっぱい　たべて、くらすのさ。」
ふらいぱんに　みるくなべ、だいどころの　なかまたちは、びっくりして　おなべをひきとめました。

「なべ」ってなに？

なべは、食べものの煮炊《にた》きにつかう道具です。日本では、むかしむかし、「肴《な》煮る瓮《へ》」という意味から「なへ」と呼ばれていました。「肴」は「おかず」のこと、「瓮」は「瓶《かめ》（物いれや煮炊きにつかわれてきた容器）」のことです。

いまでは、鉄やアルミ、銅など金属製のものと土鍋《どなべ》などいろいろな種類のなべがあります。

けれど、おなべは　いいました。

「あたしゃ、こうと　おもったら、やりぬく　おなべさ。みなさん、たっしゃで　おくらしよ。」

おなべが、いえを　でて、かたんことん　あるいていくと、ねずみに　あいました。

朗読のポイント

おなべのばあさんの大革命！　腹のすわったおなべのばあさんが、自分の腹の中にいるようなつもりで読みましょう。

そのばあさんがしゃべったり、「ぱくん」と食べたり、「ぶるぶるっ」としたり、「ぐんぐーん」と大きくなったり……。私はおなべを中心とした打楽器で遊び心を演出しました。

人と作品について

神沢利子は一九二四年（大正十三）に福岡県に生まれました。幼いころを北海道やその北にある島、樺太（現在のロシア領）で過ごしました。北海道の大自然から影響を受け、スケールの大きい空想物語を書きました。

『ちびっこカムの冒険』で児童文学作家として認められ、『いないいないばあや』や『タランの白鳥』などの作品で賞を受けています。『くまの子ウーフ』は幼年童話の傑作といわれ、教科書などにもよく採り上げられています。

『はらぺこおなべ』は、痛快、軽妙なファンタジーです。題名そのままの、おなかをすかせたおなべのおばあさんが、出会ったものや人を、次々と食べていくナンセンスな空想物語です。あり得ないことを本当らしく信じられるようにするのが、作家の技量とするならば、このもともと無理な発想ともいえる話をそれらしく物語として完成させた神沢の技量は大変なものといえます。読んでもらった子どもたちも、大喜びで空想の世界に入り込んでいくでしょう。

そこには、調子のよいリズミカルな言葉、いろいろなものや生きものの出す音、現実的な会話のやり取りなど、「そんなばかな」と思いながらも、ひきずりこまれ、あきれ、楽しんでしまう、という独特の世界があります。そして、いつか、ふと、何でもない時に、この主人公の言動を思い出して、笑いをこらえることもあるのではないでしょうか。だとしたら、それもまた、児童文学の力です。

ユーモアを養うということは、生きていくうえで大切なのです。

おススメ
26

花《はな》さき山《やま》

作・斎藤《さいとう》 隆介《りゅうすけ》

やさしさで赤い花をさかせたあや

あらすじ

ふきやわらびをとりにきて道にまよったあやは、山の奥で、一面の花ばたけをみつけ、びっくりしました。そして、山ンばから、こんなはなしを聞きました。

――この花は、村の人間がやさしいことを一つすると、一つさく。おまえの足もとの赤い花、それは、おまえがさかせた花だ。おまえは、まつりの赤いべべが欲しいと泣いておっかあを困らせる妹のために、自分も欲しいのに、しんぼうしたろ。おまえのおかげで、びんぼうなおっかあは助かり、小さな妹は喜んだ。そうして、赤い花はさいた。花さき山の花は、みんな、そうさ……。村へもどったあやのはなしを、「きつねにでも化かされたんでねえか」と、だれも信じてくれませんでした。でも、その後もあやはときどき、「あっ今おらの花がさいてるな」と思うことがありました。

おどろくんでない。おらはこの山《やま》に一人《ひとり》で住《す》んでいる婆《ばば》だ。山《やま》ンばという者《もの》もおる。山《やま》ンばは、悪《わる》さをするという者《もの》もおるが、それはうそだ。おらはなんにもしない。臆病《おくびょう》なやつが、山《やま》ン中《なか》で白髪《しらが》のおらを見《み》て勝手《かって》にあわてる。そしては弁当《べんとう》を忘《わす》れたり、あわてて谷《たに》から落《お》ちたり、それがみんなおらのせいになる。

あや。お前《まえ》はたった十《とお》の女《おな》ゴわらしだども、しっかり者《もん》だから、おらなんどおっかなくはねえべ。

ああ、おらは、なんでも知《し》ってる。お前《まえ》の名前《なまえ》も、お前《まえ》がなしてこんな奥《おく》までのぼって来《き》たかも。もうじき祭《まつ》りで、祭《まつ》りのごっつぉうの煮〆《にしめ》の山菜《さんさい》をとりに来《き》たんだべ。ふき、わらび、みず、

花はなんのためにさく？

花は、植物がそのいのちを未来に伝えていくためのものです。

ふつう、めしべとおしべ、がく（花のもっとも外側の部分）、花びらからできていて、おしべの花粉が、虫や風によって、めしべにつくことで、種ができます。

それぞれの季節により、咲く花は異なります。たとえば、春は、スイセン、フクジュソウ、キンセンカ、チューリップ、アヤメなどの花の季節です。

ぜんまい。あいつをあぶらげと一《いっ》しょに煮《に》るとうめえからなァ。ところがお前《まえ》、奥《おく》へ奥《おく》へと来《き》すぎて、道《みち》に迷《まよ》ってこの山《やま》サ入《はい》ってしまった。したらば、ここにこんなに一《いち》めんの花《はな》。今《いま》まで見《み》たこともねえ花《はな》が咲《さ》いてるので、ドデンしてるんだべ。な、あたったべ。

朗読のポイント

短いお話ですが、花さき山の花のように、ふと発見して息をのむ鮮やかさです。

暗闇の中で、一本のろうそくの炎をじっと見つめているようなつもりで語ってみましょう。

その炎が花さき山の花になったり、あやになったり、山ンばのまなざしになったり、様々に変化して見えてくるかもしれません。

人と作品について

斎藤隆介（一九一七〜八五）は東京に生まれました。明治大学の学生時代に戯曲「どん底」などで知られるロシアのゴーリキーという作家に影響を受け、北海道や秋田県で新聞記者をしたあと児童文学の作家になりました。

切り絵画家の滝平二郎とコンビを組んで『ベロ出しチョンマ』『天の赤馬』『モチモチの木』など、たくさんの作品を書きました。この『花さき山』でもやはりコンビを組んでいます。教科書に収載されたものも多く、いまも広く読まれています。

斎藤の文章は、素朴で力強い昔話を思わせます。擬音や会話に工夫があり、方言が使われています。そのため、「創作民話」ともいえるオリジナルの作品世界を築いたと評価されています。

作品の大きなテーマは、ひとことで表現するとすれば「自己犠牲」です。献身や、見返りを期待しない無償のまごころともいうべきものを斎藤は追求しています。

作者は『花さき山』のあとがきに「一杯に自分のために生きたい命を、みんなのためにささげることこそが、自分を更に最高に生かすことだ」と記し、こうした思いを「この国に古くから伝わる民話の形を借りて書いてみました」と説明しています。

「花さき山」は、だれも知らない山奥にあります。ひとつ、やさしいことをすると、そのとき流す涙が露となって、美しい花を、ひとつ開かせるのです。心のなかに花さき山を思い浮かべ「あ、いまひとつ咲きそうだ」という瞬間が、だれにでもあるに違いありません。

おススメ 27

うんこ（『ぽたぽた』より）

作・三木《みき》 卓《たく》

〝うんこ〟とのお別れが気になったリョウ

あらすじ

真夜中のことでした。

リョウの泣き声がきこえてきました。

お母さんは、わるい夢でもみたのかしらと思って、リョウをやさしく起こしました。

リョウは、うんこの夢をみた――といいます。

リョウのうんこ？――とお母さんはききました。

うん。ぼくのうんこ、ぼくのながしちゃったでしょう。そしたら、まっくらな、どかんのなかを、どこまでもながれていくんだね。どこまでも。

うんこ、どこへなにしにいったの？　ぼくのうんこなんだよ。あれ――といいました。

お母さんは、笑ってしまいました。

まよなかに、リョウがなきだします。

かあさんがやさしくおこします。

「リョウ。どうしたの。わるいゆめでもみたのね」

「あのね。うんこのゆめみたの」

「リョウのうんこ？」

「うん。ぼくのうんこ、ぼくながしちゃったでしょう。そしたら、まっくらな、どかんのなかを、どこまでもながれていくんだよね。どこまでも」

「それでいいのよ。リョウのいらないものなんだから」

「うんこ、どこへなにしにいったの？　ぼくのうんこなんだよ。

「夢」のことば

日本語には、「夢」に関係することばがたくさんあります。たとえば、「夢を描《えが》く（将来の希望を心に思い描くこと）」、「夢のしるし（なにかの前兆を夢でみること）」、「夢さわがし（悪い夢に胸さわぎがすること）」などです。

また、「夢ごこち」は「夢のようなうっとりした気持ち」、「夢虫」は「ちょうちょ」、「正夢」は「いつか現実になる夢」のことをいいます。

あれ」

かあさんはわらいます。

「さっき、うんこからでんわがかかってきたわよ。げんきです。リョウによろしく。ばいばい、って」

「ああ……そう」

かあさんはふとんのうえからたたいてくれます。

あかりをけします。

リョウには、うんこがみえます。

朗読のポイント

一五〇回記念の朗読会に、作者の三木卓さんに来ていただきました。

三木さんによると、この作品はご自身の子どもの頃の体験から生まれたそうです。

子どもの時は、だれでもいろんな物が当たり前ではなく新鮮に見え、さまざまなことを疑問に思います。

この話を読んで、私も忘れていた感覚が作品を通して動き出しました。

人と作品について

三木卓（一九三五年生まれ）は、現在の日本を代表する作家のひとりです。小説家、詩人であり、童話作家でもあります。『かえるくんシリーズ』は、教科書にも載っている翻訳絵本です。

『うんこ』が収められている作品集『ぽたぽた』では、野間児童文芸賞を受けました。また、『わすれられないおくりもの』で世界的に知られるスーザン・バーレイが絵をつけた絵本『りんご』（小社刊）などたくさんの子どもたちのための本を書いています。

三木は、東京に生まれ、満州で育ち、戦後、静岡で病弱な子ども時代を過ごしました。当時のさまざまな体験は、その後、成長してロシア文学を学び、詩や小説を書くようになったときの精神的な基盤となり、作品にも影響を与えました。

三木の描く童話世界には、子どもの純粋な心を決して傷つけない、配慮にみちたやさしさがあふれています。同時に、大人になっても忘れていなかった、ドキッとする子どもらしいユーモアや批判が光っています。小説やエッセイや詩の作風にも人間的な温かさがあるといわれていますが、それは繊細な感受性や、子どもならではの大胆さを大切にしてきたからと思われます。

『ぽたぽた』も、もちろん「幼い子の自由でみずみずしい世界」を尊重しています。「うんこ」をこんなに詩情豊かに描いた作家は、海外をふくめてこれまで他にいたのでしょうか。「月夜の白い崖の下」を流れゆく、うんこ……。主人公のリョウくんのような男の子なら、誰でも感じていることだと思うのですが。

犬のお母さんに育てられたライオン

おススメ
28

やさしいライオン

作・やなせ たかし

あらすじ

みなしごライオンのブルブルのお母さん役を、犬のムクムクがすることになりました。ムクムクは子もり歌をうたい、「おあずけ」や「お手」をおしえました。ブルブルは、大きな、やさしいライオンになりました。そして、まちの動物園へ行ってしまいました。

何年かたって、ブルブルはサーカスの人気者になっていました。でも、夜はいつもムクムクの子もり歌を思いだしているのでした。ある夜のこと。おりのなかで寝ていると、ムクムクの歌が、とおくから聞こえてきたのです。「お母さん!」。ブルブルは、思わず、おりをやぶって声のする方へ、矢のようにかけだしていきました。まちは大さわぎです。ブルブルのあとを、鉄ぽうをかついだおまわりさんたちが追いかけていきました。

ある　くにの
やがいどうぶつえんに
みなしごの　ライオンが
いました。
いつも　ぶるぶる
ふるえていましたから
ブルブルと　いう
なまえでした。

いっぴきの　めすいぬが
ライオンの　おかあさんの
かわりを　することに
なりました。

むくむく　ふとって

ライオンの子ども時代

ライオンは十頭ぐらいで群れをつくって生活します。

赤ちゃんの生まれたときの体重は八〇〇グラムほど。お母さんたちが守って育ててくれますが、十頭の赤ちゃんのうち八頭は何ヶ月かのうちに死んでしまうといわれます。

狩りのしかたは、お母さんの狩りのようすを見るなどして勉強します。オスのライオンは、二年ぐらいで母親と別れます。

いましたから
ムクムクと　いう
なまえでした。

ムクムクは　ブルブルに
こもりうたを　うたって
きかせました。

ブルブル　いいこね
ねむりなさい
ねむりなさい
ミルクを　たくさん　のみなさい
たくさん　たくさん　のみなさい
ブルブル　いいこね
ねむりなさい

朗読のポイント

細かい描写のない簡潔な文章なので、急がずにたっぷり読みましょう。集約された中にいろんな風景が見え、音が聞こえてくるかもしれません。

私は「ブルブルの子もり歌」を、おりの中で子もり歌が聞こえてくる場面にも入れてみました。

人と作品について

『アンパンマン』の生みの親、やなせたかしは一九一九年（大正八）、高知県に生まれました。三越百貨店の宣伝部でデザインを手掛け、その後、漫画家として独立しますが、漫画だけにとどまらず、詩や童話、絵本、作詞、アニメーションなど多彩な分野で活躍しています。来年には九〇歳になりますが、現在、「抒情」の復権を願い「詩とファンタジー」（小社発行）の責任編集をしています。

『やさしいライオン』は、美しくも哀しい、余韻の残る、しみじみとしたお話です。もともと、ラジオドラマのために書かれたものです。それが映画になり、絵本となって、『アンパンマン』の誕生へとつながっていきました。やなせは「アンパンマンの親はライオン」と話しています。

やなせは子どもの想像力を信じ、大切にしています。『アンパンマン』を発表したとき、顔を食べさせる行為は残酷だという批判がありました。しかし子どもたちには素直に受け入れられました。子どもには、もっと深いところの意味が伝わっていたのではないかとやなせは言います。

『やさしいライオン』の中で、育ててくれた犬のムクムクの歌声が聞こえてくると、ブルブルはその姿を求め、檻を破って、突然、走り出す場面があります。

ブルブルのムクムクへの思いが、風となり、光る矢となって、躍動感をもって子どもたちの心に伝えられます。絵本を読んだり、お話を聞いたり、歌を口ずさんだりすることによって、子どもたちの心が育まれていくのです。「手のひらに太陽を」が、やなせの作詞であることは意外に知られていません。

一日で大きくなった竹の子に驚くすずめの子

おススメ
29

雀《すずめ》のおやど（『ふるさと』より）

島崎《しまざき》 藤村《とうそん》

あらすじ

林の奥に竹やぶがありました。すずめのおうちはそこにあって、お父さんとお母さんと、子すずめが楽しく暮らしていました。おうちのまわりは、青い、まっすぐな竹ばかりです。子すずめは、そこで毎日のように遊びました。

ある日、子すずめは、おうちの前に竹の子が生えてきたことに気づきました。おうちの前ばかりではありません。あっちにも、こっちにもです。楽しくなった子すずめは、チュンチュン、チュンチュン鳴きながら、竹の子の周囲を飛びはねました。竹の子は、そのつぎの日には、びっくりするほど大きくなっていました。おどろいた子すずめは、お母さんのところに飛んでいって、どうして急に、あんなに大きくなったの？　とたずねました。

みんなお出《いで》。お話《はなし》しませう。先《ま》づ雀《すずめ》のおやどから始《はじ》めませう。

雀《すずめ》、雀《すずめ》、おやどはどこだ。

雀《すずめ》のお家《うち》は林《はやし》の奥《おく》の竹《たけ》やぶにありました。この雀《すずめ》には父《とう》さまも母《かあ》さまもありました。楽《たの》しいお家《うち》の前《まえ》は竹《たけ》ばかりで、青《あお》いまっすぐな竹《たけ》が沢山《たくさん》に並《なら》んで生《は》えて居《い》ました。雀《すずめ》は毎日《まいにち》のやうに竹《たけ》やぶに出《で》て遊《あそ》びましたが、その竹《たけ》の間《あいだ》から見《み》ると、楽《たの》しいお家《うち》がよけいに楽《たの》しく見《み》えました。

そのうちに、雀《すずめ》の好《す》きなお家《うち》の前《まえ》には竹《たけ》の子《こ》が生《は》えて来《き》ました。母《かか》さまのお洗濯《せんたく》する方《ほう》へ行《い》って見《み》ますと、そこにも竹《たけ》の子《こ》が出《で》て来《き》てゐました。

「あそこにも竹《たけ》の子《こ》。こゝにも竹《たけ》の子《こ》。」

雀は、どんな鳥?

雀は、専門的にいうとスズメ目ハタオリドリ科の鳥です。日本のどこででも、家のまわりや畑、水田などで見られます。

大きさは15センチほど。オスもメスも同じ色をしています。イネなども食べますが、害虫も食べてくれます。夜は木のしげみのなかで、数え切れないほど集まってねむります。

雀のメスは、一回に五、六個の卵を産みます。

と雀《すずめ》はチュウ〳〵鳴《な》きながら、竹《たけ》の子《こ》のまはりを悦《よろこ》んで踊《おど》って歩《ある》きました。

僅《わず》か一晩《ひとばん》ばかりのうちに竹《たけ》の子《こ》はずん〳〵大《おお》きくなりました。雀《すずめ》が寝《ね》て起《お》きて、また竹《たけ》やぶへ遊《あそ》びに行《い》きますと、きのふまで見《み》えなかつたところに新《あたら》しい竹《たけ》の子《こ》の出《で》て来《き》たのがあります。きのふまで小《ちい》さな竹《たけ》の子《こ》だと思《おも》つたのが、僅《わず》か一晩《ひとばん》ばかりで、びつくりするほど大《おお》きくなつたのがあります。

朗読のポイント

この『ふるさと』は、作者である島崎藤村が、自分の幼年時代のことを子どもに語るスタイルで書かれています。

ある意味、ここにはお話の原点がありますね。少し昔の日本の生活を知ることもできます。

みなさんも、自分が子どもの頃の生活、遊び、忘れられない人のことなどを、子どもたちに語ってあげてください。

人と作品について

長野県に生まれた島崎藤村（一八七二〜一九四三）は、明治時代を代表する小説家、詩人のひとりです。生家は徳川時代に木曽街道の馬籠宿の本陣・庄屋・問屋をつとめた旧家でした。

長編小説『夜明け前』は、明治維新の時代の変革の中で、失意の内に命の果てた父をモデルとして書かれたものです。『破壊』『新生』などは日本における本格的な自然主義★文学の出発点になっています。

「千曲川旅情のうた」「椰子の実」などは今でも歌い継がれ、藤村の詩人としての足跡も大きなものがあります。藤村は大作の合間を縫うように、『ふるさと』『をさなものがたり』など子どもたちのための作品を書いています。

『雀のおやど』という小品は、自らの郷里を舞台にした童話集『ふるさと』に収められています。本の「はしがき」に子どもの名前と年齢が登場してきて、やや唐突な印象を受けますが、あらためて藤村が七人もの子どもの父親だったことがわかります。

貧しい生活の中で、そのうち三人の子どもを幼いうちに亡くし、しかも末っ子の誕生と同時に妻を失います。命のすばらしさと命を失う残酷、愛の無上の喜びと苦悩を、切実に知っていたように思われます。

作品の中で、竹の子の成長ぶりに驚く子雀に、お母さん雀はこう言います。「それが皆さんのよく言ふ『いのち』（生命）といふものですよ。お前たちが大きくなるのもみんなその力なんですよ」。この言葉を母親雀に言わせるために、藤村はこの作品を書いたのかもしれません。

★自然主義文学　十九世紀末、フランスを中心に起こった現実をありのままに描写しようという文学運動のこと。日本では島崎藤村の他、田山花袋、島村抱月らが作品を残した。

おススメ
30

ブンとフン

作・井上《いのうえ》 ひさし

売れない小説家の生んだ四次元どろぼう

あらすじ

ある寒い夜、小説家のフン先生は、つめたいごはんにつめたいみそ汁をかけて食事をしていました。フン先生の書いた小説は、ほとんど売れないので先生はびんぼうです。みそ汁の実のダイコンも、家のまわりの畑から、かっぱらってきたものでした。

フン先生の家の前に自動車がとまりました。やってきたのは本屋さん。フン先生の小説『ブン』が売れていると知らせにきたのです。みやげのインスタントラーメンなどに大よろこびした先生は、本が売れているときいて、地震のときのコンニャクのようにふるえだしました。

本屋さんが帰ったあと、しみじみとラーメンを味わおうとしていたら、湯気のむこうにだれかいます。それは、『ブン』の主人公で「四次元《よじげん》の大どろぼう」、ブンその人でした。

第一章《だいいっしょう》　ブンとは何者《なにもの》か

行《い》っちゃいけない
戻《もど》っておくれ
行《い》かねばならない
放《はな》しておくれ
つもる別《わか》れは　傘《かさ》の上《うえ》
名残《なご》り棄《す》つるは　傘《かさ》の下《した》
イヨーッ！　ブンとフン！

秋《あき》もおわりのある寒《さむ》い夜《よる》のことである。

「四次元」って？

「次元」は、数学で空間の広がり方をあらわすものです。一次元は「線」、二次元は「面」、三次元は「立体（空間）」です。四次元とは、三次元に「時間」という次元をたした世界のことです。

フン先生は、ブンについて「時間をこえ、空間をこえ、神出鬼没、やること奇抜、なすこと抜群、なにひとつ不可能はなくすべてが可能……」と紹介しています。

岡《おか》の上《うえ》の畑《はたけ》のまん中《なか》にたっている一軒家《いっけんや》で、小説家《しょうせつか》のフン先生《せんせい》は、冷飯《ひやめし》に大根《だいこん》のつめたいみそ汁《しる》をぶっかけて、その日《ひ》七《なな》度《ど》目《め》にあたる食事《しょくじ》を胃《い》の中《なか》へ流《なが》し込《こ》んでいた。

「ぶるぶるぶる。べつに大《おお》きな望《のぞ》みはないけれども、せめてこんな寒《さむ》い夜《よる》には、熱《あつ》いインスタントラーメンでもたべたいものだ。おやおや、もうお釜《かま》の中《なか》にはごはんがないな。明日《あした》はまた一週間分《いっしゅうかんぶん》のごはんをたかなくてはならんな」

朗読のポイント

作者がこれだけ遊んでいて、しかも何でもありの世界ですから、読むほうも遊び心を発揮して楽しみましょう。

吉本新喜劇風でも、講談調でも、ミステリー調でも、真面目なアナウンサー風でも、またブンの変身よろしく、それらを取っ替え引っ替えして読んでも面白いかもしれません。

人と作品について

井上ひさしは一九三四年（昭和九）、山形県に生まれた劇作家、小説家です。上智大学在学中にアルバイトで喜劇の台本を書いたのがきっかけとなり、作家への道を歩むことになります。NHKテレビの連続人形劇『ひょっこりひょうたん島』（共作）で人気をあつめました。構成の奇抜さ、自由自在なことば遊び、批評の鋭さで新しい喜劇を誕生させたとされる『日本人のへそ』をはじめとする戯曲、『手鎖心中』『吉里吉里人』などの小説があります。

『ブンとフン』は奇想天外な小説です。作者自身、「児童読物とも、テレビの台本とも、ひっくり返したオモチャ箱ともつかぬ騒々しい作物」と評しています。売れない作家のフン先生が自作の小説「ブン」の冒頭で、主人公のブンを「光の速度の四分の三の速さでとび、過去へもスイスイ、未来へもツウツウ行け」、石川五右衛門もルパンも借りてきた猫同然の「四次元の男」と紹介していますが、主人公についてのこの簡略なスケッチを目にしただけで、「騒々しい作物」であることは予感できます。そして、その期待を裏切ることなく、四次元の大泥棒ブンは、物語の世界を縦横にかけめぐります。

ある評論家は、この作品を「日本のナンセンス文学の傑作」「ナンセンスの宝庫」と位置づけています。そして、「ナンセンス」とは「想像力のもっとも自由で反抗的な形」であり、井上やすしは「馬鹿馬鹿しさと哄笑の底に、必ず愛と救済を秘めたナンセンス作家である」と評価しています。

井上は一九八四年（昭和五十九）、劇団『こまつ座』を結成、座付き作者となって自作を上演し、自らの演劇を追い求めています。

特別掲載

CD収録

建長寺むかし話

狸《たぬき》和尚《おしょう》の死《し》

毎週みんなが朗読を聞く建長寺にも、むかしから伝わるお話があります。いくつかあるお話の中から、建長寺を訪れた誰もが目にする山門にちなんだ「狸和尚の死」というお話を紹介しましょう。

いまから二百年《にひゃくねん》ほど前《まえ》の天明年間《てんめいねんかん》のこと。

ある日《ひ》の夕暮《ゆうぐ》れ、中山道《なかせんどう》の板橋《いたばし》の宿場《しゅくば》へ一人《ひとり》の年《とし》をとったお坊《ぼう》さんが来《き》て、宿場《しゅくば》の役人《やくにん》に宿《やど》を世話《せわ》してくれと頼《たの》んだ。持《も》っている通行手形《つうこうてがた》を見《み》ると、鎌倉《かまくら》の建長寺《けんちょうじ》の長老《ちょうろう》で、こんど山門《さんもん》を再建《さいけん》するために諸国《しょこく》を勧進《かんじん》して廻《まわ》るということが記《しる》されてあった。

けれども、鎌倉五山《かまくらござん》の筆頭《ひっとう》である建長寺《けんちょうじ》の長老《ちょうろう》がお供《とも》もつれずに、たった一人《ひとり》で旅《たび》をしているのはどうも腑《ふ》に落《お》ちない。役人《やくにん》が問《と》いただすと、

「あやしまれるのはもっともじゃが、実《じつ》は寺《てら》を発《た》つときは若《わか》い修行僧《しゅぎょうそう》と下男《げなん》を供《とも》につれていたが、下男《げなん》は途中《とちゅう》の宿場《しゅくば》で病気《びょうき》にかかったのでそこへ残《のこ》してきたし、また供《とも》の修行僧《しゅぎょうそう》も途中《とちゅう》で用事《ようじ》ができたので鎌倉《かまくら》まで遣《つか》わしましたのじゃ。そんなわけで、いまのところはわし一人《ひとり》で勧進《かんじん》の旅《たび》をつづけていますのじゃ」という。

理由《りゆう》を聞《き》けばもっともなので、宿場《しゅくば》の役人《やくにん》は老僧《ろうそう》の格式《かくしき》にふさわしい宿屋《やどや》へ案内《あんない》した。

画・平嘉門

宿《やど》の主人《しゅじん》は、徳《とく》の高《たか》い立派《りっぱ》なお坊《ぼう》さんが来《き》たというので、いろいろもてなした上《うえ》、

「記念《きねん》に一《ひと》つ書《しょ》を書《か》いていただけませんか」

と頼《たの》んだ。

「よろしい、書《か》きましょう。だが、いいかな、私《わたし》が書《しょ》を書《か》いている間《あいだ》はどなたも決《けっ》してこの座敷《ざしき》をのぞいてはなりませぬぞ。よろしいか、約束《やくそく》しましたぞ」

と、厳重《げんじゅう》に申《もう》し渡《わた》した。しばらくして呼《よ》ばれた宿《やど》の主人《しゅじん》が部屋《へや》へ行《い》ってみると、大《おお》きな太《ふと》い字《じ》で、「福寿海《ふくじゅかい》」の三文字《さんもじ》がみごとに書《か》かれていた。主人《しゅじん》はたいそう喜《よろこ》んでそれを受《う》け取《と》った。

やがて夜《よる》になって、布団《ふとん》を敷《し》きに来《き》た女中《じょちゅう》がひょっとお坊《ぼう》さんの部屋《へや》の障子《しょうじ》を見《み》ると、なんと大《おお》きな狸《たぬき》の影《かげ》が写《うつ》っている。ぎょっとして立《た》ちすくんだけれども、気《き》のしっかりしたひとだったので、おそるおそる障子《しょうじ》をあけてみると、部屋《へや》にはただ老僧《ろうそう》が行灯《あんどん》の前《まえ》に行儀《ぎょうぎ》よく静《しず》かに座《すわ》っているだけで、狸《たぬき》など影《かげ》も形《かたち》もない。布団《ふとん》を敷《し》きおえて廊下《ろうか》に出《で》て、もういちど障子《しょうじ》に写《うつ》る影《かげ》を確《たし》かめようとした時《とき》には、既《すで》に行灯《あんどん》は消《き》えて、部屋《へや》は暗《くら》くなっていた。

女中《じょちゅう》が宿《やど》の主人《しゅじん》にこのことを告《つ》げると、

「それはお前《まえ》がなにか見誤《みあやま》ったのだ。あんな立派《りっぱ》な字《じ》を書《か》いて下《くだ》さった和尚《おしょう》さまを狸《たぬき》など

とはとんでもない。二度《にど》とそんなことを云《い》ったら承知《しょうち》しませんよ」と叱《しか》られてしまった。

次《つぎ》の日《ひ》、老僧《ろうそう》は練馬《ねりま》の宿《しゅく》に泊《と》まった。ここでも宿《やど》の主人《しゅじん》に頼《たの》まれて、今度《こんど》は「布袋《ほてい》の川渡《かわわた》り」の絵《え》を書《か》いたが、これもなかなかの出来《でき》で、主人《しゅじん》はたいそう喜《よろこ》んだ。

ところが、この老僧《ろうそう》が風呂《ふろ》に入《はい》った時《とき》のこと。湯加減《ゆかげん》をきこうと女中《じょちゅう》が外《そと》から風呂場《ふろば》をのぞくと、老僧《ろうそう》は湯船《ゆぶね》には入《はい》らずそのへりに腰掛《こしか》けて、太《ふと》い尻尾《しっぽ》で湯《ゆ》をばちゃばちゃ掻《か》きまわして、いかにも湯《ゆ》に入《はい》っているような音《おと》をさせている。

びっくり仰天《ぎょうてん》した女中《じょちゅう》は早速《さっそく》このことを主人《しゅじん》に告《つ》げた。けれども主人《しゅじん》は、

「仮《かり》にも建長寺《けんちょうじ》の長老《ちょうろう》と名乗《なの》っているのだから、たとえ狸《たぬき》だとしてもなまじ騒《さわ》ぎたてて悪《わる》さでもされたら大変《たいへん》だ。いいか、このことは誰《だれ》にもいうな」

と、固《かた》く口止《くちど》めして、次《つぎ》の朝早立《あさはやだ》ちをする老僧《ろうそう》を何食《なにく》わぬ顔《かお》で送《おく》りだした。

しかし「人《ひと》の口《くち》には戸《と》をたてられぬ」という昔《むかし》からの教《おし》えの通《とお》り、この噂《うわさ》は瞬《また》くうちに街《かい》道筋《どうすじ》にひろがった。けれども、見《み》るからに上品《じょうひん》な、しかも修行《しゅぎょう》を積《つ》んだ人《ひと》らしくゆったりと落《お》ち着《つ》きはらった老僧《ろうそう》の姿《すがた》を見《み》ると、狸《たぬき》の化《ば》けたのだなどとはとても思《おも》えなかった。そんな噂《うわさ》を知《し》っているのか、いないのか、老僧《ろうそう》は熱心《ねっしん》に勧進《かんじん》をつづけながら、青梅街道《おうめかいどう》を秩父《ちちぶ》の方《ほう》へと旅《たび》を続《つづ》けていった。

Hey

ある宿場《しゅくば》から老僧《ろうそう》は駕籠《かご》に乗《の》った。その駕籠《かご》かきは、狸和尚《たぬきおしょう》の噂《うわさ》にひどく興味《きょうみ》をもった男《おとこ》たちで、何《なん》とかして噂《うわさ》の真実《しんじつ》を確《たし》かめたいと考《かんが》えて、一休《ひとやす》みした時《とき》、どこからか大《おお》きな犬《いぬ》をつれて来《き》て、駕籠《かご》の中《なか》の老僧《ろうそう》にけしかけた。犬《いぬ》は目《め》を光《ひか》らせて「ウ～」と唸《うな》っていたけれど、次《つぎ》の瞬間《しゅんかん》、物凄《ものすご》い勢《いきお》いで駕籠《かご》の中《なか》へ跳《と》びこんで、あっという間《ま》に、老僧《ろうそう》の喉笛《のどぶえ》に噛《か》みついた。

「ぎゃあああ……」

悲鳴《ひめい》をあげて駕籠《かご》から転《ころ》げ落《お》ちた老僧《ろうそう》に、犬《いぬ》は容赦《ようしゃ》なく噛《か》みつく。とうとう老僧《ろうそう》はのどを噛《か》み切《き》られ血《ち》まみれになって息絶《いきた》えてしまった。

あまりのことに手《て》の出《だ》しようもなく、ただ息《いき》をのんで見《み》ているばかりだった人々《ひとびと》と駕籠《かご》かきは、じっと老僧《ろうそう》の死骸《しがい》を見《み》つめた。死《し》ねばきっと正体《しょうたい》を現《あらわ》して狸《たぬき》の姿《すがた》になるにちがいないと思《おも》ったからだ。けれど、血《ち》の気《け》が失《う》せ冷《つめ》たく固《かた》くなった死骸《しがい》は、いつまでたっても老僧《ろうそう》の姿《すがた》のままだった。駕籠《かご》かきたちは青《あお》くなった。駕籠《かご》の中《なか》を調《しら》べると荷物《にもつ》の中《なか》の財布《さいふ》からは銭《ぜに》五貫二百文《ごかんにひゃくもん》の大金《たいきん》が出《で》てきた。

「確《たし》かにこの老僧《ろうそう》が行《い》く先々《さきざき》で勧進《かんじん》して集《あつ》めたお金《かね》にちがいない」

人々《ひとびと》は途方《とほう》に暮《く》れ、溜《た》め息《いき》をつくばかりだった。

次《つぎ》の日《ひ》になっても死骸《しがい》の姿《すがた》は変《か》わらなかった。駕籠《かご》かきたちを犯人《はんにん》として捕《とら》えて代官所《だいかんしょ》へ突《つ》き出《だ》したらよかろうという話《はなし》も出《で》てきた。

ところが三日目《みっかめ》の夕方《ゆうがた》になって、ついに老僧《ろうそう》の死骸《しがい》は大《おお》きな古狸《ふるだぬき》に変《か》わった。ところどころ白《しろ》い毛《け》がまじっている大狸《おおだぬき》だった。人々《ひとびと》はほっと安堵《あんど》の溜《た》め息《いき》をついた。

しかし、事《こと》の次第《しだい》を建長寺《けんちょうじ》に知《し》らせねばなるまいと、狸《たぬき》が集《あつ》めたお金《かね》と通知《つうち》の手紙《てがみ》とを、使《つか》いの者《もの》に持《も》たせて鎌倉《かまくら》へ走《はし》らせた。

知《し》らせを受《う》けた建長寺《けんちょうじ》では、その狸《たぬき》はきっと寺《てら》の裏山《うらやま》にながいあいだ棲《す》みついていた古狸《ふるだぬき》にちがいない。山門再建《さんもんさいけん》の話《はなし》を知《し》って老僧《ろうそう》に化《ば》けて勧進《かんじん》に出《で》たのだろう。寺《てら》のために役立《やくだ》とうとして死《し》んだのは、畜生《ちくしょう》ながらあわれでならぬ。狸《たぬき》の集《あつ》めた浄財《じょうざい》は山門再建《さんもんさいけん》の資金《しきん》の中《なか》に加《くわ》え、志《こころざし》にこたえてやろうということになった。

こんなことがあって、建長寺《けんちょうじ》の山門《さんもん》は俗《ぞく》に「狸《たぬき》の山門《さんもん》」と呼《よ》ばれるようになったそうな。

沢《さわ》　寿郎《じゅろう》『かまくらむかしばなし』（かまくら春秋社）より

「生きる大切さ」

やなせたかし（漫画家・詩人）
×
伊藤玄二郎

アンパンマンの生みの親やなせたかしさんは、漫画家、絵本作家であると同時に詩人でもある。やなせさんに創作のテーマである「生きる大切さ」について伺った。

◎アンパンマン誕生秘話

伊藤　「建長寺・親と子の土曜朗読会」の三十回記念の際（二〇〇五年九月二十四日）、やなせさんをお迎えし、絵本『あんぱんまん』のシリーズから二冊を選んで朗読しました。二百人近い方々が集まりましたが、あの時はいかがでしたか。

やなせ　牧三千子さんは、太鼓を叩いてアンパンマンの動きをうまく表現していましたね。なかなかよかったので、今度、私も朗読するときに、使わせてもらおう（笑）。

伊藤　朗読の後、やなせさんにお話しをしていただきましたが、子どもが熱心なのはわかるとして、親のほうも眼が輝いていましたよ。

やなせ　絵本『あんぱんまん』が最初に出たのは、昭和四八年（一九七三）です。五十刷ほど版を重ねていますが、あの本を夢中になって読んで育った子どもが、ちょうど今、親になっている頃。親子でアンパンマンのファンという家族も増えているんです。

伊藤　タイトルは最初、平仮名だったんですね。

やなせ　当時、幼児絵本のタイトルは平仮名と決まっていたので仕方なくそうなりました。だけど、僕は「あんぱん」は片仮名じゃないとピンとこなかった。それで後になって「アンパンマン」に変えたんです。

伊藤　アンパンマンが、飢えて困っている人に、自分の顔を食べさせるというシーンが強烈で、印象に残ったという話をよく聞きますけれども。

やなせ　とても面白いと言われる一方、評判が悪かったのもその場面でした。幼稚園の先生から「顔を食べさせるなんて残酷な話はやめてください」と、手紙をもらったくらい（笑）。でも、ボクはこの絵本で、世界が本当に困っていること、つまり、ひもじくて苦しんでいるたくさんの人たちを救うような、そういう「真のヒーロー」を描きたかったんです。顔を食べさせる行為は大人には残酷と思えても、子どもには受け入れられた。たぶん、彼らにはもっと深いところの意味が伝わっていたんじゃないでしょうか。

◎生きている間は一生懸命やらなくちゃ

伊藤　やなせさんは漫画と並行して、テレビやラジオ番組の構成・脚本、舞台美術まで手がけてこられた。アンパンマンは、どんなきっかけで誕生したんですか。

やなせ　僕が書いたラジオドラマに『やさしいライオン』という作品があって、これを絵本にしたところ好評だったんです。それで、次もと頼まれて描いたのが『あんぱんまん』。でも、最初はあんまり売れなかった。五年ぐらいたった頃、近所の写真屋さんに、「あれはやなせさんの本ですか？　うちの坊主が好きで毎晩読んでとせがまれるんだけど、一冊しかない。シリーズでもっとたくさん描いてください」と言われて、へえ、と思っていたら、その後、急に幼稚園や保育園へ人気が広がっていったんです。

伊藤　アニメーション化されたのも、その頃ですか。

やなせ　はい。月曜日、午後五時という、普通なら再放送しか流れない時間帯からスタートしました。何をやっても視聴率が二パーセントいかないといわれる枠ですが、ふたを開けてみるとのっけから七パーセント。ときには十パーセントを越えたんです。

伊藤　歌を聴いて、アンパンマンのテーマソングは子供向けの番組にしては、歌詞の内容がとても奥深いなと感じました。作詞はやなせさんでしたね。

やなせ　ええ。ある哲学者の方のお話で、幼い孫が「なんのために生まれて　なにをして生きるのかわからないまま終る　そんなのは　いやだ！」と歌っているのを聴いて、「哲学の永遠の命題が歌われている」ってびっくりしたそうです（笑）。この歌はアンパンマンのテーマであり、ボクの人生のテーマソングでもあります。

伊藤　日本の愛唱歌といってもいい「手のひらを太陽に」も、やなせさんが作詞されました。あの歌は、力がわいてきますね。

やなせ　「生きる大切さ」を歌いたいと、いつも思っているんです。せっかく生まれてきたんだから、生きている間は一生懸命やらなくちゃね。一日一日を大切に生きていかなくては。

伊藤　ほんとうに、やなせさんのパワーには圧倒されます。最後に、若者に何か一言ありませんか。

やなせ　若者にはかないません（笑）。でも、生きていて無駄なことは何もないから、いろんな経験をしていってください。経験しているか、していないかは、後々に大きく違うことだからね。

現在「詩とファンタジー」を責任編集

やなせ・たかし　漫画家、絵本作家、詩人。1919年、高知生まれ。高知新聞社、東京三越百貨店宣伝部を経て漫画家に。90年「アンパンマン」で日本漫画家協会賞大賞を受賞。作詞に「手のひらを太陽に」、著書に『アンパンマンの遺言』など。

「文学の力」

三木　卓（作家）
×
伊藤玄二郎

「建長寺・親と子の土曜朗読会」一五〇回記念の際、講演いただいた、作家、そして詩人でもある三木卓さんに、一冊の本が持つ魅力、そして「文学」について伺った。

◎文学作品が持つ偉大な力

伊藤　鎌倉の建長寺で毎週土曜日の朝、関東学院大学の私のゼミ生が運営している「親と子の土曜朗読会」が、間もなく二〇〇回を迎えます。参加している子どもたちを見ていると、最初の頃に比べてとても表情が豊かになってきています。一冊の文学作品が持つ偉大な力を改めて感じています。

三木　戦後の児童文学出版に大きな足跡を残した松居直さんに、お母さんの持っているボキャブラリーが、幼い子のその後の精神的成長と内容を決定する、という旨の記述があります。つまり、子どもと母親の間に存在する一冊の絵本、それを読んであげることが、その母子にとってのコミュニケーション、会話だというのです。ですから学生さんたちがやられている朗読会は大きな意義のあることです。

伊藤　三木さんは二〇〇七年度の日本芸術院賞・恩賜賞を受賞され、その選考理由にもあるように、小説から評論、詩、童話など文学活動の間口が広い。ご自分の中ではどのように整理されていますか。

三木　それを全部まとめて一つとも言えます。でも、やはり住み分けがあるんですね。これは小説で書くことが一番生きる。これは童話、これは詩というように——。

伊藤　作品の仕上がりを想定して、一番それぞれの似合う着物を着せるようなものですかね。

三木　つまり或るテーマをそれぞれの場で発揮するということではないでしょうか。童話で生かせる部分があるならば、それを生かせばいい。捨てる必要ないでしょう。ボクは何でもやってみたいという欲張りなところがあるのかもしれません。

◎古典再読のすすめ

三木　最近、ツルゲーネフの『初恋』を読み返したんですが、面白かったなあ。主人公の少年が、年上の二十歳の女の子に恋をするんですが、胸が苦しくなるほどの気持ちをこれだけ濃厚に書いている人は、今はいないと思いましたよ。

伊藤　大学の授業で、森鷗外の『舞姫』を取り上げたら、学生は主人公が好きな女性をドイツに残して日本へ帰る心境が、もう一つ分からないというんです。さまざまな経験をつめば、小説への見方、感じ方も変わるかもしれない。だから、人生の折々に何回か同じ作品を読み直しては、という話をしました。

三木　若い頃は、恋愛小説もストーリーだけを追ってしまって、バックグラウンドにある文化や、時代の価値観を無視してしまいがちですからね。年齢を重ねて読み返すと、それも分かってきますから、確かに古典作品は何度もいろいろな角度から読み直してみたらいいと思いますよ。

伊藤　わたしは日ごろ「文学」という言葉をよく口にはしますが、普段はあまりつきつめて考えていません。三木さんはそもそも文学をどうとらえていますか。

三木　文字というものは、人間のこころを表現するうえで最高の道具だと考えています。だから文字での表現から離れることができないのです。文学という高峰の頂上にアタックするためには、純文学、大衆文学、エッセイ、詩――どのルートを選んでも構わないのです。そこにたどり着くために、たくさんの人たちが試行錯誤しているわけです。ただ、このごろよくボクが素晴らしい文学、優れた文学と思うのは、年齢と経験を重ね、自己と他者、自己と社会、自己と時代の関係を距離をとってながめられる人間が、自らの知識や見解を織り込み、社会に向かって考えるところを提示していくときに生まれてくるように思います。単に自分のことばかりを主張するのでは、そのような作品は生まれてこないでしょう。

伊藤　古典や名作を再読することで、成長した自分と出会えることは楽しみですよね。こうやって、三木さんの作品はぜひ後世に読み継がれていってほしいものだと思います。これからはどんな目標をお持ちですか。

三木　そうですね、生きている限りは、何か新しいことをやりたい。作品に新しいフェイズ（段階、局面）を作らなければ、生きている意味がないですからね。谷崎にとっての『瘋癲老人日記』や、ヘミングウェイにとっての『老人と海』は、まさに新しいフェイズだったと思うんです。彼らのあの作品は、いわば「つけたし」ですよ。でも、それがなかなかいいんだな。そういう仕事をしたいですね。

伊藤　その域までいけば、それは「つけたし」と言いませんよ（笑）。

朗読会150回記念にゲスト出演

三木卓（みき・たく）　作家、詩人、童話作家。1935年、静岡市出身。73年に小説『鶸（ひわ）』で芥川賞を受賞。童話に『ぽたぽた』、日英対訳絵本『りんご』ほか。2007年、日本芸術院賞・恩賜賞受賞。08年、芸術院会員。

般若心経を唱える

建長寺派宗務総長　高井正俊

毎週土曜日の午前九時を過ぎると、関東学院大学の学生さん達が、建長寺にやってくる。建長寺・親と子の土曜朗読会の設営準備のためである。十時前になると会場の同契院には、お母さんやおばあさんに連れられた子供たちがやってくる。

本尊様に向かって、みんな座布団に坐る。

最初にすることは、お寺の御本尊様に挨拶することである。お寺の挨拶は、お経をよむこと。その後に五分間の坐禅。

お経は姿勢を正して、経本を両手で上げて、学生さんのリードによって全員で唱える。

木魚を打つのは子供たち。建長寺の広い境内の中に、同院の本堂から、唱えるみんなのお経の声が響き渡っていく。柏槙《びゃくしん》の木や松の緑の中を。

般若心経は難しいお経だが、皆でよむにはぴったりのお経。禅宗の教えは自分の心身をいかに上手に使えるか。どう使わせていただくかを、体で目覚めること。気持ちを込めて、ひとつひとつの事が出来ていけるか。お経を唱えるのも同じ、姿勢を調え自分の気持ちを手や足の指の先にまで、全身にのび広がって届けるように全身で唱える。

お経を唱えることに集中をして、我を忘れる。この境地を楽しむことがとても大事。般若心経の教えは自分というものになりきった上で、自分を忘れること。お経を唱えることは、まさにこれを実行することになる。

この清々しい気持ちで、こんどは朗読に耳を傾けて全身で聞く。自分に備わっている耳や眼や口や鼻、そして心、それぞれの働きを、丁寧に、静かに味わってみる。こんなことが出来るのは、お寺の醍醐味。

皆さんも朗読会を体験してみてはいかがですか。

朗読と私

牧 三千子（女優）

雨の日は雨を愛そう。
風の日は風を好もう。
晴れた日は散歩をしよう。
貧しくば心に富もう。

解説の伊藤玄二郎先生がよく紹介する、堀口大學さんの「自らに」という詩だ。

気づけば四年ちかく続いてきたこの朗読会にも、色々な時があった。嵐の日も雪の日も、桜が舞い散る日も。セミや鳥の声が聞こえ鐘がゴーンと鳴り、ときには一緒に来た赤ちゃんが泣きだし、山の上から大音量の読経の声が降ってきたりもした。初めのうちは戸惑い、聞こえているのに聞こえないふりをしたこともある。でも事実は事実、ふりをしたって隠せない。受け入れて、不器用ながら付き合うほうが自然だ。お稽古したことなんてそんな大層なものじゃない、それより「いま、ここで」とりまく環境の中で、来てくれた人と向き合って過ごせたらいい。ここは開かれた場所、風が吹き抜けている。

坐禅をする、普段と少しちがう時間が流れている。それでじゅうぶんかもしれない。前に出て行って朗読をする。みんなで耳を傾け心を傾け、おはなしの中に息づいているいのちを味わう。ただ言葉と身体があるだけのシンプルな時間。花が咲いている、蜂が入ってくる。目を閉じてじっと聞いてくださる人、真剣な顔、ゴロゴロしている子ども。笑いが起こる、つられて他の人も笑う、私も嬉しくなって調子に乗る。

そこに人がいてくださること、作品という言葉があることの有り難さと、その日その時どんな出会いになるかわからない不安とおもしろさ——。

支えてくださった多くのかたに感謝いたします。どうもありがとうございました。

朗読会の進め方――こころの成長を、子どもたちと一緒に

二〇〇八年度・司会進行担当　植野建志・鈴木和貴子
（関東学院大学人間環境学部現代コミュニケーション学科・伊藤玄二郎ゼミ生）

※建長寺・親と子の土曜朗読会は、関東学院大学の学生が運営しています。司会にお経や坐禅の指導、そして朗読会のあとは境内で子どもたちと遊びます。

毎週土曜日の朝八時四十五分、北鎌倉駅前。おはようと挨拶をして、駅前に集まったメンバーは、観光客に混じりながら、建長寺に向かいます。

私たち学生スタッフは、関東学院大学人間環境学部・伊藤玄二郎ゼミナール所属の学生で、朗読会運営のお手伝いをさせていただいています。現在は司会役を鈴木が、お経と坐禅を植野が、他にゼミ生が交代で担当しています。

同契院に着くと、まずは仏壇に蝋燭を灯し、お線香をあげて手を合わせます。それから朗読会の看板を設置したりと会場を整え、鈴木はお茶会の準備をしながら、参加者の皆さんをお迎えする準備をします。会場が整った頃、ぽつりぽつり参加者が集まってきます。おはよう、おはようございます、と気持ちのいい挨拶が交わされます。

一〇時になり、朗読会が始まります。植野のリードで参加者の皆さんと般若心経を唱和し、五分間の坐禅をします。五分間だってじっとすることが辛い子どもたちも、一生懸命座っています。初めて参加した学生は、そんな子どもたちの姿に驚かされることもあります。そして、伊藤先生の解説と、牧さんの朗読を参加者と一緒になって楽しみます。

お話を聞き終わった子供たちの感想を聞いていると、瑞々しい感性にハッとさせられます。朗読会の後のお茶会では、子どもたちと一緒になって遊びます。いつも子どもたちのパワーには圧倒されます。

参加者の皆さんと、さようならと挨拶を交わし、別れた後、こんなに気持ちの良い挨拶をたくさんの人と交わすことのできる充実感にひたります。

私たちにとって、朗読会は自身の成長に繋がり、居心地の良い、大切な会でもあるのです。

出前朗読会
募《ぼ》金《きん》箱《ばこ》

建長寺親と子の土曜朗読会

建長寺親と子の土曜朗読会
三木 卓 さん『自作を語る』

『魔女

『魔女の
朗読　牧三千子

歴代司会者・リーダーの声

第一回の司会を務めた日から、雨の日も風の日も、雪の日も台風の日も、毎週通うのが楽しみだった理由は、どんな天候にも関わらず来てくださる皆さんがいらしたからです。

「また来週ね！　今日もとても良かったわ」「来週も遊ぼうね！」といった言葉に、何度も背中を押されました。皆さんがいたからこそ、二〇〇回という偉業が達成できたと感謝しております。

また、この会を支えてくださっている建長寺の皆様をはじめ、多くの方々に御礼申しあげます。

大学卒業後はなかなか行けませんが、時間を見つけて近々遊びに行こうと思います。本当におめでとうございました。

（日向　望／初代司会者・二〇〇五年度卒）

外の静けさを聞きながらの坐禅、牧さんの温かな朗読。土曜日の朝のこの時間は、私にとって癒しのひと時でした。

坐禅や朗読以外にも、朗読会にはたくさんの魅力があります――子供たちをはじめ、学生やお年寄りといった幅広い年代の方々との交流や、伊藤先生の作品解説など。そして私は、そこで司会という素晴らしい経験をさせていただき、大きく成長することができました。そんな「学び」で、朗読会はあふれています。

毎回、作品やお客さんからたくさんのエネルギーをもらい、「また明日から気を引き締めて頑張ろう！」という気持ちにさせてくれるのです。

この会の一員として、また二代目司会という立場から運営に携われたことを、心からうれしく思います。

（田中麻美／二代目司会者・二〇〇六年度卒）

私は朗読会に関わり、日本語の面白さを改めて実感しました。まだ小学校に入学していないような小さい子から、お孫さんと一緒に来られる年配の方までと、お客さんの年齢層は広いにも関わらず、言葉だけで感情や情景を表現する牧さんの朗読には、自分も含めみなさん魅了させられていました。

私は大学の途中で海外に留学し、言葉が分からず、伝えたいことが伝えられない、もどかしい思いをしました。英語には「いただきます」や「ごちそうさま」「お疲れさま」という言葉がなく、さりげないところで日本語の美しさを感じています。言葉は、人とコミュニケーションをとる道具として、とても大切なものだと思います。

朗読会できれいな日本語に触れることで表現力が豊かになることは、生きていくうえでとても役に立つと思います。少しでも多くの方に参加していただき、朗読会の輪が広がっていきますように。

（厚海美千子／三代目司会者・二〇〇七年度卒）

私は伊藤玄二郎ゼミナール生として土曜朗読会に参加していました。朗読会のお手伝いをしていくなかで、「朗読」の奥深さや日本語のすばらしさ、さまざまな世代の方々との交流が、それまで気づかなかった大切な心を育むきっかけとなりました。それだけでなく、建長寺の方々の計らいで坐禅とお経の指導の場を設けていただき、短い期間ではありましたが、貴重な体験をすることができました。

「建長寺・親と子の土曜朗読会」は、自然と笑顔になれる場です。このような会が今後も末永く続き、多くの人の心が豊かになることを願っています。

（鈴木寿文／朗読会坐禅リーダー・二〇〇六年度卒）

参加者の声

朗読会はこんなところ

毎週、朗読会が開かれている建長寺・同契院

「必要な場所」 金澤泰子（写真前列右）・翔子（写真前列左から２人目）

　何を差し置いても絶対に行きたい所、それがこの土曜朗読会。とはいえ仕事の都合で、なかなか参加できない。しかし一度《ひとたび》時間がとれれば、ダウン症の娘・翔子と手を携えて、探検隊のように頑張って家を出発する。そして辿り着くと、早朝の建長寺の凜とした空気に、私は毎回感涙してしまうのです。十時から同契院の畳の間での坐禅・読経・美しい牧さんの朗読、そして、木々の緑に染まってしまいそうなお庭でのお茶会。初めて参加した時に〝翔子に必要な所だ〟と直感した。

朗読会 100 回記念会にて、「慈悲」の書を奉納。建長寺の永井宗直氏と永井宗明氏、吉祥山實相寺の齊川文泰氏らとともに

　この静寂な異空間に接し、目には見えない何かを感じた時、子供たちは大きく世界を広げるだろう。日常にはない別格の精神世界に足を踏み入れるのだろうと、思う。

　この重大な機会を、何気なく与えてくださる土曜朗読会に、私は娘と何を差し置いても絶対に行かなければならない。

「朗読会はフルコース・ブランチ」 関口 努・由美・綸多朗・桜至朗

「建長寺・親と子の土曜朗読会」は、我が家にとってフルコース・ブランチのような存在です。心を休めてくれる般若心経と坐禅は、さわやかな前菜。日常生活の見方に別の視点を与えてくださる解説と、ふっと心を非現実の世界に誘いかけながらもしっかりと現実を考えさせてくださる牧さんの表情豊かな朗読は、二つのメインディッシュ。庭でのお茶会は、心をなごませてくれるデザート。

そして、司会を務めてくださる学生の若々しい感性、同契院を流れる風、四季を彩る草花、鳥や虫の声は、欠かせないスパイスです。これからも鎌倉の季節の流れを感じながら、朗読会に参加することを楽しみにしています。 (努)

「朗読会と私」 岩井 早苗・華子・実咲

私は、三年ぐらい前からお母さんとお姉さんと三人で朗読会に通っています。はじめはお経も難しく、なかなかみんなのペースにあいませんでした。坐禅も、ただ静かに座っているのが大変でした。

でも、心を込めてお経をていねいに唱えると、だんだん心がすっきりするようになりました。春、夏、秋、冬と静かに坐禅をしていると、季節ごとにどんな音が聞こえるのか楽しみです。

朗読は、ただお話を聞くだけでなく、そのお話の内容を想像し、その人がどういう気持ちなのかを考えて聞いていると、何だかそのお話の中に入ったような感じがします。そして最後のお茶会と、大学生の人たちと遊ぶのも楽しみです。私はこの朗読会が大好きです。 (実咲)

「朗読会と私」 斎藤 慶子

「建長寺・親と子の土曜朗読会」のいいところは、坐禅をすることと、お経が読めることです。

毎週建長寺に通っていると、たまに和尚さんがお経の指導をしてくださったりします。ふつうの観光とちがって、和尚さんともお話しできます。

牧さんの朗読は、毎週お話が変わるので、面白いです。

この朗読会で今までに二回、牧さんや他の友達と一緒に朗読をしたことがあります。一回目より二回目の方がうまく朗読できたと思います。いつも聞いている側の私が朗読するのは、とても楽しかったです。

この朗読会は、お寺で行うので、家で読んでいる時よりも落ち着きます。

「魅力の宝庫！」 石田 州弘・美佐恵・賢佑

土曜の朝が来ると、自然に体が朗読会へと向かう我が家の家族です。建長寺の静けさを感じながら読経と坐禅をし、作品解説で内容や背景の深さを知ると、多くの栄養を頂いたように思えます。

そして牧さんの朗読に、作品は彩られ、引き込まれてゆき、その場がひとつのシアターにさえ思える嬉しさは、何にも代え難い場に居るのだと回を重ねるごとに実感しています。土曜が大みそかになった日に「かさじぞう」を聞いた時、すぐそばに雪をふみしめるおじぞう様がいらっしゃるのではと、驚きさえ覚えたのを忘れられません。

これからも会に参加し、さらに日本語の良さや美しさを体や心でいっぱいにしたい私です。

（美佐恵）

「土曜朗読会の魅力」 澤 太次郎・和子・悠介・航平・真司

二〇〇六年秋からの参加です。牧さんの朗読を聞いていると、物語が形を得て立ち上がってきます。

坐禅、読経、朗読という一時間のリズムは心地の良いものです。季節折々の花に囲まれ、和室を通る風を感じながら木魚に合わせてお経を唱えることで、日ごろのズレが修正されていくような気がします。伊藤先生の解説は日常を別の角度から照らすヒントとなります。

最初こそ受身でしたが、今ではすっかり身内のような気持ちがして、知らない人に宣伝したくなります。朗読の後に子どもたちが感想をいう機会があり、柔軟な発想に驚かされます。牧さん、学生さんたち、すばらしい場所を提供してくださりほんとうに感謝です。

（太次郎）

「成長の糧」 島 美和・大和

朗読会に通い始め、早くも一年が経ちます。当初三歳過ぎだった息子は読経や坐禅の意味が分からず、十分も座っていられませんでした。そこで私は経文を大きな平仮名で筆写した「幼児用教本」を作成し、息子を膝に乗せて一緒に読経をしてみました。

その甲斐あって、今では息子も牧さんの朗読を集中して聴き、物語の概要を皆さんの前で述べられるようになりました。

子どもの潜在能力には驚くべきものがありますが、それを引き出すのは環境だと思います。同契院を提供して下さる建長寺さん、物語の世界へ誘ってくださる牧さん、会場設営に奔走される学生方、そしてこれほど質の高い朗読会を総括し、物語の解説では一層深い知識と理解を与えてくださる伊藤先生に、心より御礼申し上げます。

（美和）

45　民話「うたう骸骨」
46　「注文の多い料理店」宮沢賢治
47　「井戸」千葉省三
48　「母」「椿」里見弴
49　「手ぶくろを買いに」新美南吉
50　民話「笠地蔵」
「十二支のできたわけ」
51　「夢見小僧」木下順二
52　「ネコちゃんの花」今西祐行
53　「魔法」坪田譲治
54　民話「こぶとり爺」「凍った声」
55　「魔女の宅急便」ゲスト：角野栄子
56　「絵本のはなし」宮口しづえ
57　「春の日の光」宇野浩二
58　民話「正直夫婦の馬」「むかし夫婦は」
59　民話「つつじ娘」「三人泣き」
60　「八号館」岡本良雄
61　「ピザ - パイのうた」わたりむつこ
62　詩集「深呼吸の必要」
「記憶のつくり方」長田弘
63　「天狗笑」豊島與志雄
64　「窓ぎわのトットちゃん」黒柳徹子
65　民話「食わず女房」「月見草の嫁」
66　落語「寿限無」
67　「活版屋の話」永井龍男／エッセイ
68　民話「親棄山」
69　「龍の子太郎」松谷みよ子
70　「赤いカーネーション」
「花くいライオン」立原えりか
71　「ブンナよ、木からおりてこい」水上勉
72　「青い目のメリーちゃん」
「つばき地ぞう」宮川ひろ
73　民話「若返りの水」「鳥呑爺」
74　『コロボックル物語』より
「ふしぎな目をした男の子」佐藤さとる
75　「夢十夜」夏目漱石
76　「一つのねがい」浜田廣介
77　「海の館のひらめ」安房直子
78　民話「空を飛んだ亀」「うそ話千両」
79　「玉虫厨子の物語」平塚武二
80　「ちんちん小袴」小泉八雲
81　「ながいながいペンギンの話」いぬいとみこ
82　民話「化けもの寺」
83　「おこんじょうるり」さねとうあきら
84　「スイッチョねこ」大佛次郎
85　「たぬき学校」今井誉次郎
86　『百万石ふしぎ話』より「さらわれた！」かつおきんや
87　「きつね」「にぎやかな未来」筒井康隆
88　「黒ばらさんのうぬぼれ鏡」末吉暁子
89　民話「頭にカキの木」
「月に行ったうさぎの話」
90　「源じいさんの竹とんぼ」斎藤了一
91　「名人伝」中島敦
92　民話「庄助さんの鹿」「鼓の打ちくらべ」
93　『古事記』より
「ウミサチビコ ヤマサチビコ」
94　「死神どんぶら」「貧乏神」斎藤隆介
95　「淋しいおさかな」別役実
96　「おぼえていろよ　おおきな木」
「あれも嫌いこれも好き」佐野洋子
97　民話「あとかくしの雪」
「おんちょろちょろ」
98　「野ばら」小川未明
99　「おばあさんの飛行機」佐藤さとる
100　「蜘蛛の糸」芥川龍之介
101　「賢者の贈り物」オー・ヘンリー
102　民話「ねずみのすもう」
103　落語「まんじゅうこわい」
104　「幸福の王子」オスカー・ワイルド
105　「シナの五にんきょうだい」ビ

建長寺・親と子の土曜朗読会 全朗読作品リスト

2005年1月22日の第1回から、2008年11月15日の第200回まで朗読した全作品リストです。古今東西の名作を中心に選び、アンコールで繰り返し読んだ作品もあります。また、むかしから伝わるお話はすべて「民話」としています。朗読会においてとり上げた作品、本書に収載した作品については、できる限り著作権の許諾を得るようにしましたが、一部それがかなわなかった作品もあります。心当りの方はご連絡くださいますよう（編集部）。

1 「よだかの星」宮沢賢治
2 「清兵衛と瓢簞」志賀直哉
3 「トロッコ」芥川龍之介
4 「赤いろうそくと人魚」小川未明
5 「吾輩は猫である」夏目漱石
6 「泣いた赤おに」浜田廣介
7 「走れメロス」太宰治
8 詩「みみをすます」谷川俊太郎
9 民話「あずきまんまの歌」「屁たれ嫁コ」
10 「遠野物語」柳田国男
民話「河童の甕《かめ》」
11 「シャーロック・ホームズの冒険」コナン・ドイル
12 「きつねの窓」安房直子
13 「きかんしゃ やえもん」阿川弘之
14 『かまくらむかしばなし』より「鎌倉海老」「蟹の宮」「狸和尚の死」沢寿郎
15 「一房の葡萄」有島武郎
16 「ふしぎなたけのこ」松野正子
17 「サーカスの秘密」「きまぐれロボット」
「新発明のマクラ」星新一
18 「岡の家」鈴木三重吉
19 「パイプのけむり」團伊玖磨
20 「片耳の大鹿」椋鳩十
21 民話「女の首」
22 「杜子春」芥川龍之介
23 「トマトとパチンコ」後藤竜二
24 神奈川県の民話「箱根の天の邪鬼」「お夏と孫三郎」日本児童文学者協会・編
25 「牛をつないだ椿の木」新美南吉
26 「一郎次、二郎次、三郎次」菊池寛
27 『車のいろは空のいろ　白いぼうし』より「小さなお客さん」
「くましんし」あまんきみこ
28 民話「桃太郎」
29 「ふねできたゾウ」「あしたの風」壺井栄
30 「青いオウムと痩せた男の子の話」野坂昭如
31 「すなのなかにきえたタンネさん」乙骨淑子
32 民話「山おやじ」「三枚のお札」
33 「ぶうたれねこ」筒井敬介
34 「山椒大夫」森鷗外
35 民話「むかでのお使い」
「くらげのお使い」
36 「あんぱんまん」
ゲスト：やなせたかし
37 「ハボンスの手品」豊島與志雄
38 「おしゃべりなたまごやき」寺村輝夫
39 「太陽と花園」秋田雨雀
40 『吉四六ばなし』より「『ババクロウ』というさかな」とみたゆきひろ
「十文で二十文」牧杜子尾
41 民話「きつねのたいこ」
「たぬきときつねの寄合田」
42 「モチモチの木」斎藤隆介
43 「がんばるトムトム」山中恒
44 『力餅』より「かわずの声」ほか島崎藤村

159　「雪渡り」宮沢賢治
160　『風のかたみ』より「二月」ほか　伊藤玄二郎
161　トルコ民話「ケローランと鬼の大女」
162　アンコール：「ハボンスの手品」豊島與志雄
163　「空色のゆりいす」安房直子
164　民話「しっぽのつり」
165　アンコール：「夢十夜」夏目漱石
166　「わすれられないおくりもの」スーザン・バーレイ
167　ギリシア神話より「エコー」「ナルキッソス」石井桃子・編
168　「ふたりはともだち」アーノルド・ローベル
169　アイヌの民話「プクサの魂」萱野茂
170　アンコール：「きかんしゃ　やえもん」阿川弘之
171　ギリシア神話「プロメテウス」「パンドラ」呉茂一・訳
172　「くしゃみくしゃみ天のめぐみ」松岡享子
173　アイスランド民話「アザラシの皮」立原えりか
174　アンコール：「玉虫厨子の物語」平塚武二
175　「番ねずみのヤカちゃん」リチャード・ウィルバー
176　ギリシア神話「太陽の子パエトン」呉茂一
177　グリム童話「いばらひめ」
178　「あかいろうそく」「でんでんむしのかなしみ」「きのまつり」新美南吉
179　「2ひきのいけないアリ」C. V. オールズバーグ
180　民話「子育て幽霊」
181　イギリス民話「ジャックと豆の木」ジェイコブズ（再話）
182　アンコール：「あしたの風」壺井栄
183　「ガンバレ!!　まけるな!!　ナメクジくん」三輪一雄
184　ギリシア神話「アポロンとダフネ」「オルフェウスとエウリュディケ」石井桃子・編
185　「ぶたぶたくんのおかいもの」土方久功
186　アンコール：『かまくらむかしばなし』より「狸和尚の死」沢寿郎
187　「いわたくんちのおばあちゃん」天野夏美
188　ボルネオ民話「なまくらトック」東京子ども図書館・編
189　「やさしいライオン」やなせたかし
190　『ふるさと』より「雀のおやど」ほか　島崎藤村
191　「ふしぎなたいこ」石井桃子「ちいさなたいこ」松岡享子
192　『シャーロック・ホームズの冒険』より「青いガーネット」コナン・ドイル
193　「ブンとフン」井上ひさし
194　『彦一ばなし』より「天狗のかくれみの」大川悦生
195　ユダヤ民話「ありがたいこってす！」マーゴット・ツェマック
196　「ウサギどんとキツネどん」J.C. ハリス
197　スリランカ民話「五つのだんご」
198　「おじいさんのランプ」（前編）新美南吉
199　「おじいさんのランプ」（後編）新美南吉
200　アンコール：「ブンとフン」ゲスト・井上ひさし

ショップ
106 民話「雪女」
107 「おにたのぼうし」あまんきみこ
108 「絵のない絵本」アンデルセン
109 「つぼつくりの柿丸」吉田絃二郎
110 マレーシア民話「アラーとサンダル」
111 「三人の旅人たち」J. エイキン
112 アンコール：「よだかの星」宮沢賢治
113 「オホーツクの海に生きる」戸川幸夫・原作、戸川文・文
114 「長ぐつをはいたネコ」ペロー
115 民話「たぬきの糸車」
116 アンコール：「杜子春」芥川龍之介
117 「はらぺこおなべ」神沢利子
118 インド民話『パンチャタントラ物語』より「友情」シブクマール
119 「チロヌップのきつね」高橋宏幸
120 アンコール：民話「桃太郎」
121 「かあさんになったあーちゃん」ねじめ正一
122 「スガンさんのやぎ」ドーデ
123 アンコール：「注文の多い料理店」宮沢賢治
124 グリム童話「ブレーメンの音楽隊」
125 「おさる日記」和田誠
126 アンコール：民話「あずきまんまの歌」
127 グルジア民話「男の子とチカラ」
128 アンコール：「赤いろうそくと人魚」小川未明
129 「星の王子さま」1 サン＝テグジュペリ
130 「星の王子さま」2 サン＝テグジュペリ
131 「じごくのそうべえ」田島征彦
132 民話「河童徳利」
133 アンコール：「きまぐれロボット」「装置の時代」星新一
134 「ちいちゃんのかげおくり」あまんきみこ
135 「金の魚」プーシキン
136 アンコール：民話「山おやじ」「三枚のお札」
137 「ちびくろ・さんぼ」ヘレン・バンナーマン
138 ブータン民話「のんびりお月さま」クンサン・チョデン
139 「花さき山」「ベロ出しチョンマ」斎藤隆介
140 民話「爺さまと狐」
141 アンコール：「泣いた赤おに」浜田廣介
142 「人魚ひめ」アンデルセン
143 アンコール：『車のいろは空のいろ 白いぼうし』より「小さなお客さん」「くましんし」あまんきみこ
144 アンコール：「おこんじょうるり」さねとうあきら
145 フィリピン民話「イニーゴ」荒木博之・編
146 アンコール：「モチモチの木」斎藤隆介
147 「最後のひと葉」オー・ヘンリー
148 民話「田之久」
149 「ろうそくをつぐ話」大木篤夫
150 「ぽたぽた」ゲスト：三木卓
151 アンコール：「手ぶくろを買いに」新美南吉
152 「マッチ売りの少女」アンデルセン
153 「どんぐりと山猫」宮沢賢治
154 民話「貧乏神」松谷みよこ・編
155 ロシア民話「おおきなかぶ」A・トルストイ、「おだんごぱん」
156 「やまねこぼうや」神沢利子
157 「六さんと九官鳥」西条八十
158 民話「見るなの座敷」

おわりに

建長寺・親と子の土曜朗読会が間もなく二〇〇回を数えます。「スゴイナァ」と自分でも思います。晴れの日もありました。雨の日も雪の日もありました。そういえば、大晦日もありました。毎週そんなことに関わりなく、建長寺の塔頭・同契院には子どもさんがいて、親御さんがいて、おじいさん、おばあさんがいて、そして学生たちにボク、牧さんがいます。どの顔が欠けても、朗読会は成り立ちません。改めてこの朗読会に集う皆さんすべてに、心の底からありがとう、を言います。

この朗読会の「かたち」については、本書の中でそれぞれの皆さんが書いているので改めて申しません。この朗読会の「場」は、特別難しいところではありません。わずか一時間の時を、お互いが、気持ち良く過ごして下さればいいのです。

この一冊は、皆さんの出会いの中から生まれました。皆さんに文学を説くなどという大層なものではありません。

この本は、あくまでも名作の在る場所を知っていただく引き出しのようなものです。引き出しの中身は、皆さんがきちんと納めて下さい。そして、この朗読会がいつまでも長く続き、新しい名作の引き出しがたくさん出来ることを願っています。

二〇〇八年十月二十九日

伊藤　玄二郎

引用・参考文献リスト

※この本をつくるにあたり、引用、参照した本の一覧です。作品名の五十音順です。
※この本で紹介した作品の中には、現在、その本が絶版となっているものや、複数の出版社から同じ作品が発行されているものなどがあります。また同じ作品でも、出版社によりタイトルの表記が異なる場合があります。
※この本で紹介した作品と、その作品が収録されている書籍名が異なる場合、作品名に「　」をつけ、その後に『　』で書籍名を紹介しました。

＊＊＊＊＊

「青いオウムと痩せた男の子の話」『戦争童話集』野坂昭如（中央公論新社）
『赤いろうそくと人魚』小川未明（偕成社）
「赤い蝋燭と人魚」『小川未明童話集』（新潮社）
『あしたの風』壺井栄（ポプラ社）
『あしたの風』壺井栄（角川書店）
「一郎次、二郎次、三郎次」『赤い鳥名作童話　5』菊池寛（小峰書店）
「うんこ」『ぽたぽた』三木卓（大日本図書）
「岡の家」『鈴木三重吉童話集』鈴木三重吉（岩波書店）
『おぼえていろよ　おおきな木』佐野洋子（講談社）
『オホーツクの海に生きる——彦市じいさんの話』戸川幸夫・原作／戸川文・文（ポプラ社）
「片耳の大鹿」『集団読書テキスト』椋鳩十（全国学校図書館協議会）
「片耳の大シカ」『椋鳩十全集 2』（ポプラ社）
『きかんしゃ やえもん』阿川弘之（岩波書店）
『きつねの窓』安房直子（ポプラ社）
「きつねのまど」『新　心にのこる　5年生の読みもの』長崎源之助・監修（学校図書）
『蜘蛛の糸・杜子春』芥川龍之介（新潮社）
『国民百科事典』（平凡社）
『小僧の神様　他十篇』志賀直哉（岩波書店）
「山椒大夫」『山椒大夫・高瀬舟』森鷗外（新潮社）
『新潮日本文学アルバム』（新潮社）
『新潮日本文学辞典』（新潮社）
「雀のおやど」『ふるさと・野菊の墓』島崎藤村（講談社）
『清兵衛と瓢箪』志賀直哉（ポプラ社）
『大事典NAVIX』（講談社）
「太陽と花園」『名著複刻　日本児童文学館13』（ほるぷ出版）
「狸和尚の死」『かまくらむかしばなし』沢寿郎（かまくら春秋社）
「玉虫厨子の物語」『絵本　玉虫厨子の物語』平塚武二（童心社）
「玉虫のずしの物語」『新　心にのこる　5年生の読みもの』長崎源之助・監修（学校図書）
「小さなお客さん」『車のいろは空のいろ　白いぼうし』あまんきみこ（ポプラ社）
『手ぶくろを買いに』新美南吉（偕成社）
『てぶくろをかいに』新美南吉（金の星社）
『泣いた赤おに』浜田廣介（小学館）
『ないたあかおに』浜田廣介（世界文化社）
『走れメロス』太宰治（新潮社）
『花さき山』斎藤隆介（岩崎書店）
「ハボンスの手品」『10分で読めるお話　六年生』豊島與志雄（学習研究社）
『はらぺこおなべ』神沢利子（あかね書房）
『一房の葡萄』有島武郎（岩波書店）
『ブンとフン』井上ひさし（新潮社）
『魔女の宅急便』角野栄子（福音館書店）
『やさしいライオン』やなせたかし（フレーベル館）
『よだかの星』宮沢賢治（偕成社）
「よだかの星」『新編　銀河鉄道の夜』宮沢賢治（新潮社）
『吾輩は猫である』夏目漱石（新潮社）
『21世紀こども百科』（小学館）

【プロフィール】

・伊藤玄二郎
（エッセイスト・関東学院大学教授）
日本の言葉と文化を軸に様々な国際活動をしている。著書に『風のかたみ』『末座の幸福』、対談集『言葉は躍る』など。

・牧三千子（女優）
国立音楽大学音楽教育音楽学科卒。1997年よりイタリアの演劇学校に3年間留学。演劇の他、毎週「建長寺・親と子の土曜朗読会」で朗読を行う。

・安藤早紀（イラストレーター）
1986年、横浜生まれ。関東学院大学人間環境学部環境デザイン学科卒。「詩とファンタジー」に毎号作品を掲載。デザイン・フェスタなどで創作活動中。

・齊川文泰（吉祥山實相寺住職）
延暦寺学園叡山学院教授。過去ロシア、ポルトガル、フィンランド、ドイツなど、世界各国に天台聲明を伝える活動をしている。

建長寺・親と子の土曜朗読会から
子どもに伝えたい日本の名作

著者　伊藤玄二郎
発行者　田中愛子
発行所　かまくら春秋社
鎌倉市小町二—一四—七
電話〇四六七（二五）二八六四
印刷所　ケイアール

平成二十年十一月二十八日　発行

ISBN978-4-7740-0415-0 C0095